講談社文庫

鬼剣

影与力嵐八九郎

鳥羽 亮

講談社

目次

鬼剣《きけん》

影与力嵐八九郎

第一章　隠匿《いんとく》

1

心地好い川風が吹いていた。

大川端《おおかわばた》の柳の枝葉が、さらさらと揺れている。暮れ六ツ半（午後七時）ごろであろうか。まだ、西の空にはかすかな残照の色があったが、大川端は淡い宵闇につつまれていた。頭上には、弱々しい星のまたたきも見られる。

大川の黒ずんだ川面は無数の波の起伏を刻みながら流れ、彼方の江戸湊《みなと》の先の海原で群青色《ぐんじょういろ》の夜空と一体となっている。

何艘《そう》かの猪牙舟《ちょきぶね》が川面の波間で揺られ、軒下に提灯を下げた屋形船が華やかな灯《ひ》を川面に映しながらゆったりと下っていく。

嵐八九郎《あらしやくろう》はお京《きよう》とふたりで、大川端を歩いていた。薬研堀《やげんぼり》沿いにある浜崎屋《はまざきや》というそば屋に出かけた帰りである。ふたりは、堀沿いの通りから大川端へ出て、両国橋の方へ足をむけたところだった。

「ああ、一杯飲んだら眠くなったな」

八九郎は歩きながら、両手を突き上げて大きく伸びをした。浜崎屋で、そばを食う前に一杯飲んだのである。

八九郎は二十代半ば。面長で、目鼻立ちのととのった顔をしているが、何となく表情が茫洋として、顔にしまりがなかった。だらしのない格好のせいもあるらしい。

八九郎は、総髪で無精髭が伸びていた。着古した小袖に、よれよれの袴姿である。一見して貧乏牢人《ろうにん》と分かる風体《ふうてい》だった。

「浜崎屋のおそば、おいしかったね」

お京が目を細めて言った。

お京は、軽身《かるみ》のお京と呼ばれる女軽業師だった。両国橋の西の橋詰《はしづめ》にある見世物小屋で、軽業《かるわざ》興行をしている「歌川寅次《うたがわとらじ》一座」の座員である。

歳は十七だが、小柄でほっそりとしているせいか、まだ少女のように見える。身軽で、とんぼ返りや綱渡りを得意としていた。

八九郎は寅次一座の居候《いそうろう》だが、用心棒でもあった。寅次がならず者たちに因縁《いんねん》をつけられ、大金を脅《おど》し取られそうになったとき、たまたま通りかかった八九郎が、ならず者たちを追い払って寅次を助けたのだ。それが縁で、寅次一座の楽屋で寝起きすることになったのである。

「もうすこし、酒を飲みたかったがな」

八九郎は、酒が飲み足りなかった。酒を飲まないお京に遠慮して、銚子二本で我慢したのである。

「帰ってから楽屋で飲んだら。どうせ、やることがないんだから」

歩きながら、お京が言った。

「そうするか。夜は長いからな」

楽屋には、貧乏徳利に入った酒が残っているはずだった。

八九郎が楽屋で手酌で飲んでいる光景を思い描いたとき、ふいに背後で、斬り合いだ！　という声がひびいた。つづいて、怒声や走る足音なども聞こえた。

振り返ると、一町（約百九メートル）ほど後方の大川端に、入り乱れている人影が見えた。八、九人いるだろうか。ときどき、薄闇のなかに銀《しろがねいろ》色のひかりが疾《はし》った。刀身のきらめきである。

何人もの気合、怒号、刀身のはじき合う音、足音などが聞こえた。男たちが二手に分かれて、斬り合っているらしい。

そこは、右手が武家屋敷の築地塀《ついじべい》で、左手が大川だった。武家屋敷の門扉《もんぴ》はとじられ、洩《も》れてくる灯《ひ》もなくひっそりとしていた。

斬り合いの場所からすこし離れた川沿いに、十人ほどの人影がかたまっていた。こちらは、通りすがりの野次馬らしい。

「あ、嵐さま、斬り合いです！」

お京が甲走《かんばし》った声で言った。

「そのようだな」

いずれも武士らしい。薄暗いなかで、大勢が入り乱れて斬り合っているので、はっきりしないが、小袖に袴姿で二刀を帯びている者が多いようだ。

ギャッ！　という絶叫がひびき、川岸の方へよろめく人影が見えた。ひとり、斬られたらしい。

野次馬たちのなかから悲鳴が上がり、人影が揺れた。

「た、助けないと！」

お京が目をつり上げて言った。

八九郎は、お京がどちらを助けようと思ったのか分かった。一方が、明らかに劣勢だった。三人の武士が、五人の男に取りかこまれて切っ先をむけられているのだ。人数はあまり変わらないが、取りかこんでいる五人はいずれも腕が立つようだ。

斬り合いというより、襲撃されたとみた方がいい。斬られて、川岸にうずくまっている男も、襲撃された側らしい。

そのとき、取りかこまれていた三人のうちのひとりが、身をのけぞらせて、武家屋敷の築地塀のそばによろめいた。

「また、斬られた！」

思わず、お京が斬り合っている方へ歩みだした。

「黙って通り過ぎることは、できんな」

事情は分からなかったが、取りかこまれて斬られるのを黙って見ているわけにはいかなかった。

八九郎は手早く袴の股《もも》だちを取り、両袖をたくし上げた。

「嵐さま、急いで！」

お京が声を上げた。

「おお！」

八九郎は、走りだした。

近付くと、様子がはっきり見えてきた。ふたりの武士を取りかこんでいるのは、五人である。いずれも武士と思ったが、町人もひとりいた。目の細い、顎のとがった男である。それに、総髪で着流しの牢人体《てい》の男もいた。

取りかこまれているふたりは、主従であろうか。ひとりの大柄な武士が、もうひとりの武士の前にかばうように立っていた。

うしろの武士は、若いようだった。月代《さかやき》を剃《そ》っていたが、まだ十四、五歳ではあるまいか。白皙《はくせき》で、ほっそりしていた。顔が恐怖に蒼《あお》ざめ、手にした刀がワナワナと震えている。

「どけ、どけ！」

八九郎が声を上げて、ふたりの武士の脇へ駆け寄った。

すると、離れた場所で成り行きを見つめていた野次馬たちの間から、助っ人だ！侍だぞ！などという声が起こった。大声で歓声を上げた者もいる。

「刀を引け！」

八九郎は、取りかこんでいる男たちに体をむけた。

「なんだ、きさまは！」

正面に立っていた長身の武士が、驚いたような顔をして言った。三十代半ばであろうか。これまた目の細い、顎のとがった男である。

「通りすがりの者だ」

「ならば、ひっ込んでいてもらおう」

長身の武士が、恫喝《どうかつ》するように言った。

「事情は知らんが、大勢に取りかこまれて斬られるのを、黙って見ているわけにもいかんのでな」

八九郎は、左手で刀の鯉口《こいぐち》を切り、右手で柄《つか》を握った。

抜刀体勢をとったまま、取りかこんでいる男たちに目をむけた。いずれも、殺気だった目をして、ふたりの武士に切っ先をむけている。

「ここで、命を捨てる気か」

長身の武士が、怒気をふくんだ声で言った。

「命を捨てる気は、ないな」

八九郎は抜刀した。

2

「かまわん。こやつも斬れ！」

長身の武士が叫んだ。

すると、取りかこんでいた武士たちは、素早い動きで八九郎を取りかこみ、切っ先をむけた。

正面で対峙《たいじ》したのは長身の武士だった。構えは青眼である。左手にひとり。すこし間を取って、八相に構えていた。右手前方に、牢人体の男がいた。構えは、下段である。

他のふたりは、すこし後ろに下がっていた。間合を取っている。八九郎の動きを見て、斬り込んでくるつもりであろう。

……遣えるのは、正面の男。

八九郎は、取りかこんだ男たちの腕のほどを見て取った。

長身の男の構えには、隙がなかった。腰が据わり、八九郎にむけられた剣尖《けんせん》には、そのまま突いてくるような威圧がある。

もうひとり、牢人体の男も腕が立ちそうだった。腰が据わり、ゆったりと下段に構えている。ただ、若い武士を守っている大柄な武士にも気を配っているらしく、八九郎に対しては殺気がなかった。

八九郎は青眼に構え、切っ先を長身の武士の目線につけた。

長身の武士の顔に驚きの色が浮いた。八九郎の隙のない構えに、遣い手だと察知したのであろう。

そのとき、八九郎の右手にいた大柄な武士が、

「かたじけのうござる」

と、低い声で言った。

眉が濃く、頤《おとがい》が張っていた。武辺者らしい面構《つらがま》えである。

八九郎はちいさくうなずいたが、視線をそらさなかった。対峙した長身の武士が、すこしずつ間合をせばめ始めたからである。

八九郎は左手の八相に構えた男にも、気を配っていた。ずんぐりした体軀《たいく》に気勢が満ち、斬撃の気配が高まってきたのだ。

……初手は左手か！

八九郎は、八相から袈裟《けさ》に斬り込んでくると読んだ。

長身の武士が趾《あしゆび》を這《は》うようにさせて、ジリジリと間合を狭めてきた。しだいに剣気が高まり、巨岩が迫ってくるような威圧があった。

ふいに、長身の武士が寄り身をとめた。一足一刀の間境の一歩手前だった。剣尖に気魄《きはく》を込め、斬撃の気配をみなぎらせている。気攻《きぜ》めである。

フッ、と長身の武士が気を抜き、剣尖を下げた。誘いだった。刹那《せつな》、左手の男に斬撃の気が疾《はし》った。八九郎が、対峙した長身の武士の誘いに気を奪われた一瞬の隙をとらえたのである。

イヤアッ！

裂帛《れっぱく》の気合と同時に、左手の男の体《たい》が躍動した。

八相から袈裟へ。

オオッ！

と気合を発し、八九郎は体をひねりざま刀身を撥《は》ね上げた。一瞬の反応である。

キーン、という甲高い金属音がひびき、青火が散って、左手の男の刀身が撥ね上がった。

その拍子に左手の男の体勢がくずれ、両腕を突き上げるような格好のまま前に泳いだ。

すかさず、八九郎が刀身を返しざま横に払った。流れるような体捌《たいさば》きである。

バサッ、と男の着物の脇腹が裂けた。

あらわになった肌に血の線がはしり、男は喉のつまったような呻《うめ》き声を上げた。見る間に、男の腹が血に染まる。

だが、それほどの深手《ふかで》ではない。八九郎の切っ先は、臓腑までとどかなかった。皮肉を浅く裂いただけである。

と、長身の男が斬り込んできた。

鋭い気合とともに真っ向へ。

だが、八九郎はこの斬撃を読んでいた。一瞬の体捌きで右へ跳びざま、突き込むように籠手《こて》へ斬り込んだ。

長身の男の切っ先が、八九郎の着物の肩先を斬って空へ流れた。肌まではとどかない。

一方、八九郎の籠手への斬撃も、物打《ものう》ち（切っ先から三寸ほどのところで、截断《せつだん》に際して遣われる部分）が鍔《つば》に当たったが、わずかに切っ先が敵の前腕をとらえただけである。

次の瞬間、長身の男は背後に大きく跳んだ。

男の前腕に血の色があった。八九郎の切っ先が、わずかに皮肉を裂いたのだ。

男の顔に驚愕《きょうがく》の表情が浮いた。取りかこんでいた男たちにも、動揺がはしった。八九郎は一瞬の動きで左手にいた男の脇腹を斬り、浅手《あさで》ではあったが、長身の男の籠手をとらえたのだ。八九郎がこれほどの遣い手とは思わなかったのだろう。

そのときだった。

「あたしも、加勢するよ！」

お京が叫びざま、石を投げた。

その石が、八九郎たちを取りかこんでいた武士のひとりの背に当たって、にぶい音をたてた。

「な、何をする！」

武士は振り返ったが、その場から動けなかった。八九郎に背をむけられなかったのである。

「みんな、悪いやつらに石を投げて！」

お京が、まわりにいた野次馬たちをけしかけた。

すると、野次馬たちが、助太刀だ！　おれも加勢するぞ！　などと次々に声を上げ、足元の石をひろって八九郎たちを取りかこんだ男たちに投げつけた。

ばらばらと礫《つぶて》が飛んできた。当たる石はすくなかったが、取りかこんだ男たちの体をかすめ、足元に転がった。

「ひ、引け！」

長身の男が後じさり、声を上げた。

八九郎たちを取りかこんでいた男たちは身を引いて間を取ると、反転して逃げだした。

ワアッ！　と歓声が上がった。野次馬たちは手をたたいたり、飛び上がったりして歓声を上げている。

「嵐さま！」

お京が八九郎のそばに走ってきた。色白の顔が朱を刷いたように紅潮し、目がかがやいていた。八九郎に加勢して、武士たちを追い払ったことで興奮しているらしい。

「お京、助かったぞ」

八九郎が、苦笑いを浮かべて言った。

すると、大柄な武士が、

「ご助勢、かたじけのうござる」

と、八九郎に声をかけた。後ろにいた若侍も、

「どなたか存じませぬが、お蔭で助かりました」

そう言って、八九郎とお京に頭を下げた。

色白で端整な顔をした若侍だった。少年を感じさせる面立ちである。その顔にはまだ、不安と憂慮の翳《かげ》が張り付いていた。

「ふ、房之助《ふさのすけ》さま、大事ございませぬか」

肩先を斬られ築地塀のそばにうずくまっていた武士が、近付いてきた。着物の肩口が出血で蘇芳色《すおういろ》に染まり、腰がふらついていた。顔が苦痛にゆがんでいる。

後で分かったことだが、若侍の名は滝山《たきやま》房之助だった。

「大事ない。野崎《のざき》はどうした」

房之助が、川岸の方へ目をむけて訊《き》いた。

野崎と呼ばれたのは、先に斬られ川岸ちかくに倒れた男らしい。

すぐに、大柄な武士が川岸近くに行き、倒れている男を助け起こそうとしたが、あらためて体を横たえ、房之助のそばにもどってきた。

「野崎は死にました」

大柄な武士が視線を落として言った。

「そうか、かわいそうなことをした」

房之助は、肩を落としてつぶやいた。

いっとき、房之助たち三人は、悲痛な顔をして虚空に視線をとめていたが、

「ゆえあって、身分を名乗ることはできぬが、それがしの名は林崎彦十郎《はやしざきひこじゅうろう》にござる」

大柄な武士が名乗ると、

「それがし、倉田佐之助《くらたさのすけ》でござる」

と、肩先を斬られた男がつづいた。

「そこもとの名を聞かせてはいただけぬか」

林崎が八九郎に目をむけて言った。

「嵐八九郎、見たとおりの牢人だ」

そう言ったが、八九郎は牢人ではなかった。

八九郎は、北町奉行所の内《うち》与力だった。奉行、遠山左衛門尉景元《とおやまさえもんのじょうかげもと》の密命を受けて江戸の巷に潜伏し、影《かげ》与力として事件の探索に当たっていたのだ。なお、遠山は江戸市民から金四郎《きんしろう》と呼ばれ、名奉行と謳《うた》われている男である。

「嵐どのの住居《すまい》は、この近くでござるか」

林崎が声をあらためて訊いた。

「ち、近くだが……」

思わず、八九郎は口ごもった。見世物小屋に居候しているとは、言えなかったのである。

するると、脇に立っていたお京が、

「すぐそこの見世物小屋ですよ」

と、口をはさんだ。

「見世物小屋……」

林崎は驚いたような顔をして、口をつぐんだが、

「嵐どの、いかがでござろう。しばし、われらを見世物小屋で休ませてはいただけぬか。倉田の傷の手当てもしたいし……」

そう言って、八九郎に頭を下げた。

つづいて、林崎の後ろにいた房之助が、

「わたしからも、お願いします」

と言って、訴えるような目をして八九郎を見つめた。

「かまわぬが……」

八九郎は困惑した。見世物小屋といっても寝起きしているのは、小屋の裏手の狭い楽屋である。

「すぐ、小屋に来て。あたしから、頭《かしら》に話すから」

お京が言った。楽屋が狭いことなど、気にしてないようである。

林崎は、今夜中に屋敷の者に伝え、亡骸《なきがら》を引取りに来させましょう、と言って、野崎の死体を川岸近くの叢《くさむら》のなかに隠した。

「こっちですよ」

お京が先に立って見世物小屋にむかった。

すでに、辺りは夜陰につつまれていた。大川の流れの音が、轟々《ごうごう》と低い地鳴りのようにひびいている。

3

「どうだ、痛むか」

八九郎が倉田に訊いた。

歌川寅次一座の見世物小屋の裏手にある楽屋である。そこで、倉田の傷の手当てをしたのだ。

楽屋といっても、納屋のような場所だった。軽業師の衣装類の入った長持《ながもち》、軽業に使う竹竿、太い綱、大小の棒などが、雑然と置かれている。その楽屋のなかほどに茣《ご》蓙《ざ》が敷かれ、その上に八九郎と倉田、林崎、房之助の四人が座していた。

お京は、さっきまで八九郎たちといっしょにいたのだが、傷の手当てが終わると、自分の部屋にもどっていた。さすがに、狭い場所で男たちと膝を突き合わせているのは、気まずくなったらしい。

楽屋には、お京たち女軽業師だけの部屋もあった。部屋といっても、舞台の裏手の楽屋に茣蓙を垂らして区切り、板を渡した床の上に茣蓙を敷いただけの場所である。

「いえ、お蔭で楽になりました。これなら、四、五日もすれば、刀を振れるようになりましょう」

倉田が照れたような笑みを浮かべて言った。

三十がらみであろうか。丸顔で、肌の浅黒い男だった。身分は分からなかったが、林崎の配下のような物言いをした。

「しばらく刀を遣うのは無理なようだが、傷口さえふさがれば、腕を動かせるようになるだろう」

倉田の肩口には、厚く晒《さらし》が巻かれていた。八九郎と林崎のふたりで、倉田の傷口を水で洗い、金創膏《きんそうこう》をたっぷり塗った油紙を傷口にあてがい、さらに晒を厚く巻いたのだ。

　晒には、染み出した血の色があった。ただ、ひろがってくる様子はなかったので、出血はとまったのかもしれない。

「嵐どの、おりいって頼みがあるのだが」

　林崎が、声をあらためて言った。

「なんだ」

「われらを、ここに匿《かくま》ってはいただけまいか」

　林崎が声をひそめて言った。

　房之助は黙っていた。顔をこわばらせたまま八九郎の顔を見つめている。

「この小屋に、匿えというのか」

　思わず、八九郎が訊き返した。

「いかさま」

「ま、まさか。こんな狭い場所に、四人も寝泊まりするつもりか」

　八九郎が呆れたような顔をした。

「狭いのは、我慢する。ここなら身を隠せるし、いざというときは、腕の立つおぬしが、そばにいてくれるからな」

林崎が言うと、

「林崎さまのおっしゃるとおりです」

と、倉田が言い添えた。

房之助まで、うなずいている。

「馬鹿なことを言うな。おれは、居候の身だぞ。居候のところへ、三人ももぐり込めるはずがなかろう」

「そこを何とか、おぬしのご尽力で」

林崎が、身を乗り出して言った。

「わたしからも、お願いします」

房之助が殊勝な顔をして頭を下げた。

「待て、頭を上げろ」

八九郎の声が大きくなった。

「では、匿っていただけるか」

「できん。……それに、どういうわけだ。何で、おぬしたちは見世物小屋に身を隠さねばならんのだ」

八九郎は、理由だけでも訊いてみようと思った。おそらく、さきほど襲われたことと何かかかわりがあるのだろう。

「くわしい事情はご容赦いただきたいが、実は、房之助さまは命を狙われているのだ」

林崎によると、房之助は旗本の次男だが、家督相続にからんで命を狙われているそうだ。屋敷にいることが危うくなって逃げだしたが、途中気付かれて襲われ、八九郎に助けられたのだという。

「すると、襲った者たちを知っているのだな」

八九郎が訊いた。

「何者かは分からぬが、だれの差し金で襲ったかは、察しられる。房之助さまが、相続されるのを邪魔しようとしている者にまちがいない」

林崎は、見当のつく者もいるが、いまのところ襲ってきた者たちの名も身分も分からないという。

「相続を邪魔しようとしている者は？」

「それも、口外することは……」

林崎は困惑したような顔をして、首を横に振った。話せないということらしい。

「うむ……」

持ってまわった言い方で、はっきりしなかった。結局のところ、房之助が家督相続にかかわり、命を狙われているので小屋に匿って欲しいということであろう。

「嵐どの、いかがでござろう」

林崎が声を強くして言った。

「おれには、何とも言えんな。居候の身だ」

八九郎が、つっ撥ねるように言った。

「だれに、話せばいいのだ」

「座頭《ざがしら》だな」

「座頭はどこにいる?」

「いま、呼んできてやる」

八九郎は立ち上がった。

座頭の歌川寅次は、舞台で他の座員と話していた。演《だ》し物について、打ち合わせていたらしい。

「頭、林崎たちが何か話があるそうだ」

八九郎は小屋にもどったとき、寅次に小屋に連れてきた三人の名だけは伝えておいたのだ。

寅次は四十がらみ、小柄で丸顔だった。糸のように細い目をしている。袖の短い小袖に細身のたっつけ袴という格好だった。

「すぐ参ります」

寅次は話していた座員に何やら声をかけ、八九郎についてきた。

寅次が長持のそばに腰を下ろし、座頭であることを名乗ると、すぐに、林崎たちも名乗り、八九郎に助けられたことをかいつまんで話した。

「嵐さまのお蔭で、わたしらも助かっております。安心して興行を打つことができますから」

寅次が、細い目をさらに細めて言った。

「実はな、ここにおられる房之助さまが、命を狙われているのだ」

林崎がそう切り出し、家督相続の確執をにおわせ、

「しばらくの間、われらをこの小屋に匿ってはもらえぬか」

と、寅次に頼んだ。

「この小屋にですか」

寅次が、驚いたように目を剝《む》いた。

「嵐どのにも、話したのだがな。敵を欺《あざむ》くには、こんないい場所はないのだ。敵も、

このような見世物小屋に身を隠しているとは思いもしないだろう」

「ですが、小屋は狭いですし……」

寅次は困惑したように言葉を濁した。

「狭いのは我慢する」

「それに、嵐さまひとりならともかく、お武家さまが四人もおられたら、かえって目立ちますよ」

寅次も、小屋には匿いたくないようだ。当然である。三人が寝泊まりする場所を確保するだけでも大変だし、敵が小屋に押し入ってこないともかぎらないのだ。

「小屋に、迷惑はかけぬ」

「ですが、お武家さまが四人も寝泊まりする場所もありませんし……」

寅次は渋った。

「では、こうしよう。房之助さまひとりでいい。そばに嵐どのはいるし、われらも様子を見に顔を出す」

林崎が言った。

「おれを、当てにせんでくれ。それに、おれはいつも小屋にいるとはかぎらんぞ」

八九郎は、いっそのこと奉行所の与力であることを名乗ろうかと思ったが、やめた。まだ、林崎が何者なのかはっきりしなかったからだ。

「夜だけで、十分だ。それに、策がある」

林崎が急に声をひそめて言った。

「どんな、策だ」

「房之助さまに、座員になってもらうのだ」

「小屋の座員にか」

八九郎は、思わず聞き返した。

寅次と倉田が驚いたような顔をして、林崎を見た。当の房之助も、呆気にとられたような顔をしている。

「座員といっても、房之助さまに軽業師のような格好をしてもらうだけだ。幸い、房之助さまはお若いし、身もほっそりされているので軽業師に化けることは容易だ。軽業師なら、この小屋にいても、不審に思う者はいないはずだ」

小屋にある衣装を貸してもらい、軽業師らしい髷《まげ》に結いなおしてもらえば、それだけで変装できる、と林崎が言い添えた。

「それはいい！」

房之助が声を上げた。

白皙が紅潮し、目がかがやいている。新しい遊びを見付けた子供のような顔である。

「頭、どうする?」

八九郎が、寅次に訊いた。

「嵐さまさえ承知なら、てまえどもはかまいませんが」

寅次も、これ以上反対できなくなったようだ。

「まァ、いいか」

房之助が軽業師に化けて小屋に身を隠しているだけなら、たいしたことではない。それに、八九郎は、房之助や林崎が何者なのか、その正体だけでも知りたいと思った。

その夜、林崎は房之助だけ小屋に残し、倉田を連れて出ていった。いったん屋敷にもどり、斬殺された野崎の始末をするという。

4

「まァ、よく似合う」

翌日、お京が、房之助の姿を見て声を上げた。

房之助は、派手な水色の小袖に紺の小袴、白足袋《たび》という格好だった。髷も町人ふうに結い直してある。

「これで、綱渡りでもできれば、どこから見ても立派な軽業師だな」

八九郎が、房之助の姿を見て言った。白皙が派手な衣装によく似合っている。

房之助もまんざらではないらしく、笑みを浮かべている。

「それに、役者にしてもいいほどの男前だ。舞台に立てば若い娘が押しかけて、札止めになること請け合いですぜ」

木戸番の歌六《うたろく》が、しゃがれ声で言った。いつも、木戸口で口上を述べて客を集めているせいで、声が嗄れている。

「ねえ、房之助さん、綱渡りやってみない。あたしが、教えてあげるから」

お京が言った。

お京は、軽業師の仲間らしく、房之助さんと呼んだ。そう呼ぶように、小屋の者たちに話してあったのだ。

「綱渡りは無理ですよ」

房之助が笑みを浮かべて言った。

「そうだとも。お京、房之助に綱渡りなどやらせるなよ」

八九郎が、釘を刺した。それに、房之助は長期間小屋に身をひそめているわけではないのだ。

楽屋で、八九郎たちがそんな話をしているところに、彦六《ひころく》が顔を出した。

彦六は岡っ引きだった。八九郎が使っている密偵のひとりである。ふだんは、鼠取薬売りとして、江戸市中を歩いている。

彦六のことは、八九郎から座員たちに長屋に住んでいたころの飲み仲間だと話してあった。ただ、座頭の寅次とお京は、彦六が八九郎の密偵であることを知っていた。むろん、八九郎の正体も承知している。

「旦那、ちょいと」

彦六が、八九郎に身を寄せてささやいた。

八九郎に、何か報《し》らせたいことがあって来たらしい。

「出かけてくるぞ」

そう言い残し、八九郎は彦六とふたりで小屋を出た。座員たちに、仕事にかかわる話は聞かせたくなかったのである。

小屋の外は、淡い暮色に染まっていた。すでに、暮れ六ツ（午後六時）を過ぎて小半刻（三十分）は経っていようか。日中は、雑踏の坩堝《るつぼ》のような両国広小路も、いまは人影がすくなく静かだった。

八九郎と彦六は、大川端へ出た。川風のなかに、初夏とは思えない涼気があった。汗ばんだ肌には、心地好い風である。

「彦六、どうした？」

大川端を歩きながら、八九郎が訊いた。

「旦那、薬研堀近くの大川端で、斬り合いがあったそうで」

彦六は、八九郎に跟《つ》いていきながら言った。

「ああ、ちょうど、通りかかってな」

八九郎は、そのときの様子をかいつまんで話した。ただ、寅次一座に房之助を匿っていることまでは口にしなかった。彦六の話を聞いてからにしようと思ったのである。

「やっぱり旦那でしたかい」

「そうだが、彦六、何か気になることでもあるのか」

家督相続争いらしいが、武家同士の斬り合いである。町方が、かかわるような事件ではないはずだ。八九郎はそうした読みもあって、林崎や房之助から執拗に事情を訊かなかったのだ。

「へい、斬り合いを見てたやつがいやしてね。そいつが言うには、町人と牢人がくわわっていたそうなんで」

彦六は、大川端で斬り合いの様子を見ていた野次馬から聞き込んだのであろう。

「いたな。おれも見ている」

襲撃者のなかに、町人と牢人がいたのは確かである。

「その町人ですが、ちょいとした悪人《わる》なんでさァ」

彦六が町人のことを話した。

名は政造《まさぞう》。浅草界隈で幅をきかせている地まわりで、山谷《さんや》の政造と呼ばれているそうだ。金になることなら何でもやる男で、匕首《あいくち》を巧みに遣うという。

「ちかごろ、政造の噂を聞かなかったんですがね。……ひょんなところに、顔を出しやした」

彦六が小声で言った。

「そうだな」

政造のような名うての悪人が武士たちに混じって、旗本の家督相続争いにくわわるというのも妙な話である。

「それに、牢人も似たような悪人らしいので」

名は、村野《むらの》勘兵衛《かんべえ》。賭場の用心棒をしているらしいが、金ずくで人殺しをするという噂もあるという。

「徒牢人《いたずらろうにん》か」

八九郎が訊いた。

「へい」

「他の武士たちは？」

腕の立つ長身の武士をはじめ、他に三人もの武士がいたのである。

「他の三人は、知りやせん」

彦六が言った。

「いずれにしろ、ただの争いではないな」

旗本の家督相続争いだろうが、無頼者までくわわっているとなると、家中だけの争いではなくなる。

「あっしも、そうみやしてね。とりあえず、旦那の耳に入れておこうと思ったんでさァ」

「彦六、探ってみるか」

「へい、沖山《おきやま》の旦那たちにも知らせやしょうか」

八九郎には、彦六のほかにも密偵がいた。牢人の沖山小十郎《こじゅうろう》、自称町医者の玄泉《げんせん》、三味線師匠のおけい、それに剝き身売りの浜吉《はまきち》である。

剝き身売りは、貝の剝き身を売り歩く商売である。若い浜吉は、彦六の下っ引きのような立場だった。

「いや、とりあえず、浜吉とふたりだけで政造と村野を洗ってみてくれ」

まだ、八九郎が乗り出すような事件かどうかはっきりしなかった。他の密偵を動員するのは、もうすこし様子が知れてからでいい、と八九郎は思ったのだ。

「承知しやした」

彦六は、あっしは、これで、と言い残し、小走りに八九郎から離れて行った。

5

彦六が見世物小屋に姿を見せた二日後、林崎が房之助の様子を見にきた。

「林崎どの、川風にでも当たってくるか」

八九郎は、そう言って林崎を大川端に連れ出した。

林崎も、八九郎から何か話があると察したらしく、黙って跟いてきた。

四ツ（午前十時）ごろだった。両国広小路は大変な賑わいを見せていた。様々な身分の老若男女が行き交い、靄《もや》のような土埃《つちぼこり》が立っていた。大道芸人の客を呼ぶ声、子供の泣き声、町娘の笑い声、馬の嘶《いなな》き、荷を積んだ大八車の軋む音……。様々な騒音が、耳を聾《ろう》するほどに聞こえてくる。

八九郎と林崎は雑踏から逃げるように、大川端を川下にむかって歩いた。

薬研堀近くまで来ると、だいぶ静かになった。行き来する人影もまばらである。

「何か話でも？」

林崎が歩きながら訊いた。

「房之助どのを小屋で匿うようになったのも、何かの縁だな」

八九郎が言った。

「いかさま」

「ところで、滝山家の禄高は？」

「よ、四百石でござる」

「四百石……」

八九郎が思っていたより、すくなかった。四百石の家柄では家士もわずかであろう。用人と若党で、三、四人しか仕えていないはずである。

それにしては、大川端での闘いに何人もの武士がくわわっていた。房之助を守っていた者が、林崎、倉田、それに殺された野崎の三人である。敵側は五人、政造と牢人の村野を除いても三人の武士がいたのだ。となると、滝山家内部だけではなく、他家も巻き込んでの争いなのだろうか。

「ところで、林崎どのは滝山家の用人でござるか」

倉田に接する態度から見て若党とは思えなかった。房之助を守っていたこともあり、滝山家の用人とみていいのではないか。

「そ、そうだ」

林崎が話したことによると、林崎は房之助が赤子のころから滝山家の用人として仕え、主家の子ではあったが、房之助をわが子のように思うところがあるという。

「倉田どのと亡くなった野崎どのは、滝山家の若党だな」

「そうだ」

「では、大川端で襲った者たちは、何者なのだ。やはり、滝山家に仕えている者たちなのか」

八九郎が訊いた。

「そ、それは……」

林崎は困惑したように顔をしかめ、大川の川面に目をやった。日中は猪牙舟、屋形船、艀《はしけ》などが行き交っているのだが、いまは船影もなく濃い暮色につつまれていた。滔々《とうとう》とした流れが、永代橋の彼方までつづいている。

「林崎どの、もうすこし事情を話してくれ。相手がはっきりしないと、房之助どのを守りたくとも、守れなくなるぞ。……大川端で襲った者たちのなかには、町人もいたし、徒牢人もいたようではないか」

「うむ……」

林崎は川面に目をやったまま足をとめた。迷っているふうである。

「襲った者たちは、滝山家の者たちではないだろう。滝山家の者たちなら、徒党を組んで屋敷の外で襲わずとも、家中でひそかに房之助どのを亡き者にすることもできるはずだ」

八九郎も、足をとめて言った。

「慧眼《けいがん》だな」

「襲った者たちは何者なのだ」

「いいだろう。おぬしには話しておこう」

林崎は八九郎を振り返った。

「ただし、その前に、おぬしに訊いておきたいことがある」

「なんだ」

「おぬしこそ、何者なのだ。見世物小屋の居候を決め込んでいるが、それは身分を隠すための仮の姿だろう」

林崎が八九郎を見すえて訊いた。

「…………」

八九郎はすぐに返答できなかった。

「どうなんだ」

「おぬしの推察どおり、おれは、北町奉行所の者だ」

八九郎は、奉行の遠山の内与力であることと、市中に潜伏して世情を知るとともに隠密裡《り》に事件の探索に当たっていることをかいつまんで話し、

「内密にしてくれ」

と、釘を刺しておいた。

「やはりそうだったか」

林崎が顔をひきしめて言った。

「次は、おぬしの番だな」

「分かった」

「まず、家督争いからだ。滝山家の家督争いではあるまい」

八九郎が声をあらためて訊いた。

「そうだ。滝山家は嫡男の俊一郎《しゅんいちろう》さまが継がれることになっている」

房之助は滝山家の次男だという。

「では、房之助どのが継がれるのは、何家なのだ」

「小笠原長門守《おがさわらながとのかみ》さまのお家なのだ」

林崎が声をひそめて言った。

「なに、長門守さまだと！　御小納戸頭取《おこなんどとうどり》の長門守さまか」

八九郎は、小笠原長門守盛親《もりちか》を知っていた。もっとも、名と役職だけである。御小納戸頭取は幕府の要職で、役高は千五百石だった。

「小笠原家の家禄は？」

「役職と同じ千五百石だ」

「うむ……」

大身の旗本だった。それにしても、わずか四百石高の滝山家の次男が、なにゆえ小笠原家を継ぐことになったのであろうか。

八九郎がそのことを訊くと、

「実は、滝山家の当主であられる牧右衛門《まきえもん》さまは、長門守さまのご実弟なのだ」

林崎によると、小笠原家には菊之助《きくのすけ》という嫡男がいたが、半年ほど前、流行病に罹《かか》って急逝したという。

奥方の滝江《たきえ》には、七歳になる琴江《ことえ》という娘がいるが、男の子は菊之助ひとりであった。

跡継ぎを失った長門守は、甥にあたる房之助に目をつけた。さっそく、長門守は房之助を屋敷に呼んで会い、その利発さとおだやかな性格をたいそう気に入った。それで、房之助を養子にもらいたいと実弟の牧右衛門に話したという。

「長門守さまは、房之助さまを養子にむかえた上で、小笠原家を継がせようと考えられたのだ」

滝山家にとっては、願ってもない話だった。

房之助は、滝山家の冷や飯食いだった。幕府に出仕できれば別だが、そうでなければ、一生滝山家の厄介者で終わるか、幕臣の家の養子か婿養子になるかである。それが、家禄千五百石の小笠原家を継げるというのだ。夢のような話である。

滝山家の当主の牧右衛門も、小笠原家の次男に生まれ、養子の口がなく、やむなく四百石高の滝山家の婿に入った経緯があるのだ。

「小笠原家と滝山家の双方で房之助どのの養子話を望んでいるなら、すぐに小笠原家の屋敷に入ってもらったらどうだ。見世物小屋に身をひそめていることなどないではないか」

三千石の旗本屋敷なら、敵も房之助に容易に手を出せないだろう。

「それが、すぐというわけにはいかんのだ。長門守さまは、菊之助さまの一周忌を終えてから、房之助さまを屋敷にむかえたいとおおせられている。一周忌は、あと半年先なのだ。それに、長門守さまも、房之助さまの養子話に反対している者がいることを感づいておられるようなのだ」

「すると、房之助どのが小笠原家を継ぐのを反対している者は、小笠原家にかかわりある者だな」

八九郎が訊いた。

「いかさま」

「何者なのだ」

「それが、はっきりせんのだ。長門守さまには、およしさまというお妾がいるが、そのおよしさまが、房之助さまの養子話に反対されているらしいのだ。それで、およしさまにかかわりのある者が、房之助さまを亡き者にせんと画策しているとみる者もいる」

林崎は言葉を濁した。はっきりしないらしい。

長門守の妾のおよしには、五歳になる松之助《まつのすけ》という子がいるという。その松之助に、小笠原家を継がせようという話もあるそうなのだ。

「妾腹とはいえ長門守さまのお子なら、家を継がせる話も当然ではないか」

八九郎が言った。

およしにすれば、自分の子の松之助に小笠原家を継がせたいと考えて当然であろう。松之助の将来もあるが、自分も家禄千五百石の旗本の当主の母親になれるのである。およしにとっても、夢のような話にちがいない。

「松之助さまは、五歳という幼児の上に病弱なのだ。……それに、およしさまは町人の娘で、妾宅住まいでもある。それで、長門守さまも当てにならない松之助さまより、甥の房之助さまに小笠原家を継がせたいお気持ちが強いのだ」

「すると、大川端で房之助どのを襲った武士は、およしに肩入れする小笠原家の家士なのか」

「はっきりしないが、小笠原家の家士が動いていることは、まちがいない」

林崎によると、襲った五人のなかに、小笠原家の家士だった者がまじっていたという。

「いまは家士ではないのか」

「そうだ。二年ほど前に、小笠原家を出ている」

「名は？」

「犬山宗三郎《いぬやまそうざぶろう》。……大川端で、おれたちを襲ったとき指図していた長身の武士だ」

「あやつか」

一味の頭格だった男である。

「犬山は小笠原家に仕えていたが放蕩《ほうとう》が過ぎ、家を出されたと聞いている。犬山はおよしさまと接触しているのではないかとの噂もあるが、はっきりしたことは分からないのだ」

「うむ……」

妾宅暮らしをしているおよしが、小笠原家を出された犬山と接触することは、有り得る話である。およしが、犬山に房之助の暗殺をひそかに依頼したとみる者がいても不思議はない。

「ところで、およしの出自は？」

八九郎が声をあらためて訊いた。

「噂だが、大工の娘とのことだ。柳橋の料理屋で座敷女中をしているおり、客として来た長門守さまに気に入られて、妾になったとか」

「いま、屋敷ではなく、妾宅に住んでいると言ったな」

「そうだ」

「その妾宅は、どこにある」

「神田川沿いと聞いた覚えがあるが、どこにあるかは知らないのだ」

「うむ……」

政造と牢人の村野も、およしとのかかわりで襲撃にくわわったのではないか、と八九郎は思った。

「いずれにしろ、いまも、房之助さまの命を狙って動いている者がいることはまちがいないのだ」

林崎がけわしい顔をして言った。

6

「嵐さま、嵐さま」

垂れ下がった莨蓙の向こうでお京の声がした。

「なんだ、朝から」

八九郎は楽屋で横になったまま言った。

眠かった。朝とはいえ、四ツ（午前十時）ごろのはずだった。昨夜遅くまで飲んで、寝たのが明け方ちかくだったので、まだ眠いのだ。

「嵐さまに、お会いしたいという方がみえてます」

お京が、垂れ下がった莨蓙の間から顔を覗かせた。

「だれだ？」

「いつもの立派なお侍さま」

「武藤《むとう》どのか」

八九郎は身を起こした。

武藤繁右衛門《しげえもん》。北町奉行、遠山の家士である。用人として遠山に長年仕えている男で、八九郎を奉行所に呼び出すときに使いに来ることが多かった。

寅次一座の小屋にも何度か姿を見せ、お京とも顔を合わせていた。お京は武藤の名も知っていたが、名は口にせず、立派なお侍と呼んでいた。八九郎が、奉行所の与力であることを隠すためである。

八九郎は、垂れた莨蓙の間から小屋の外へ出た。

「嵐どの、相変わらずのようですな」

武藤が、八九郎の姿を見て顔をしかめた。

総髪はぼさぼさ、無精髭と月代が伸び、何ともだらしのない格好である。

「武藤どの、ご用の筋は」

八九郎は武藤に身を寄せて小声で訊いた。どこに、小屋の者の耳があるか知れなかったからである。

「お奉行が、お呼びでござる」

武藤は小声だが、慇懃《いんぎん》な物言いをした。すでに還暦にちかい老齢だが、矍鑠《かくしやく》として老いはまったく感じさせなかった。

「御番所（奉行所）へ出向けば、よろしいかな」

「今日の八ツ（午後二時）までに、御番所に来ていただきたい。お奉行は、下城後に会われるそうだ」

「承知した」

奉行が八九郎を呼び出したとなると、何か事件があったにちがいない。

「御番所においでになる前に、髭と月代をあたった方が、よろしいでしょうな」

そう言い置くと、武藤はそそくさと小屋から離れていった。

……もっともだな。

八九郎は顎の髭を撫《な》でながらつぶやいた。

小屋にもどった八九郎は髭と月代を剃り、長持から袴を出して身につけた。着流しで、奉行の前に出るわけにはいかなかったのである。

北町奉行所は、呉服橋御門内にある。八九郎は豪壮な長屋門をくぐり、玄関先に敷きつめられた玉砂利を踏みしめながら奉行所の裏手にまわった。奉行の役宅は、裏手にあったのである。

役宅の用部屋に入ると、武藤が待っていた。

「嵐どの、さっぱりしましたな」

武藤が八九郎の顔を見て、相好《そうごう》をくずした。

「お奉行は？」

八九郎は、武藤と話しているつもりはなかった。

「さきほど、もどられた」

武藤は立ち上がると、居間で、お待ちくだされ、と言って八九郎を案内した。

武藤が連れていったのは中庭に面した座敷で、ふだん遠山が居間として使っている。八九郎と会うとき、その居間を使うことが多かったのだ。

居間は静かだった。庭に面した障子に陽が当たり、淡い蜜柑色に染まっている。

八九郎が居間に座していっときすると、廊下を歩くせわしそうな足音がして障子があいた。姿をあらわしたのは、遠山である。遠山は小紋の小袖を着流していた。下城後、裃《かみしも》を脱いで着替えたのであろう。

「八九郎、待たせたな」

遠山が八九郎の前に腰を下ろした。

遠山は四十九歳だった。面長で、ひきしまった顔をしている。眼光が鋭く、身辺に覇気が満ちていた。男盛りといった感じがする。

八九郎が時宜《じぎ》の挨拶を述べようとすると、

「挨拶などよい」

と、言って制した。

「さっそくだが、薬研堀近くの大川端で旗本の家臣同士の斬り合いがあったそうだが、八九郎は知っているか」

遠山が八九郎を見すえて訊いた。

「はい」

そのことか、と八九郎は思った。それにしても、だれが遠山の耳に入れたのであろう。町奉行の同心が、事件を探ったとは思えなかった。

「どのようなことを知っておる」

遠山が訊いた。

「ちょうど、大川端を通りかかり、斬り合いを目にしました。武士がひとり斬られ、落命したようでございます」

八九郎は、その闘いにくわわり房之助を助けたことは、口にしなかった。遠山から何の命も受けていなかったので、言いづらかったのである。

「実は、その件だがな。旗本の相続争いがからんでのことらしいのだ」

「さようでございますか」

八九郎はとぼけた。

ない。


「それで、そちに頼みがある」

遠山は急に声を落とした。

頼み、と言ったところを見ると、奉行としての命でなく、私的な依頼なのかもしれない。

「御小納戸頭取の小笠原長門守どのを知っているか」

「お名前だけは」

やはり、小笠原家の家督相続にかかわってのことらしい。

「長門守どのに、頼まれてな。……おれと長門守どのは昵懇《じっこん》なのだ。それで、町奉行の仕事ではないが、力になってやることにした」

遠山はくだけた物言いになった。

八九郎とふたりだけになると、若いころ金さんと呼ばれて放蕩無頼《ぶらい》な暮らしをしていたころの言葉遣いになるようだ。あるいは、遠山は八九郎に若いころの自分を重ねているのかもしれない。

「どのようなことでございましょうか」

「長門守どのの嗣子《しし》のことで、家中に確執があるようなのだ。……長門守どのは、房之助ともうす甥を養子にむかえて跡を取らせたいそうだが、それを阻止しようとして、ひそかに房之助の命を狙っている者がいるそうだ」

遠山がけわしい顔をした。

「さようでございますか」

八九郎は、まだ房之助を見世物小屋で匿っていることを口にしなかった。

「それで、そちに房之助の命を守り、命を狙って暗躍している者たちを始末して欲しいのだ」

「………」

八九郎は何も言わずに、困惑したように眉宇《びう》を寄せた。むずかしい依頼であることを遠山に訴えたのだ。

「厄介な件であることは、重々承知しておる」

遠山も困ったような顔をした。奉行所の仕事ではない旗本の相続争いを始末しろと言っているのだ。無理な命であることは、遠山にも分かっているのだ。

「ただ、影与力としてまったくかかわりがないとも言えんぞ」

遠山がひらきなおったような顔をして言った。

遠山や探索にかかわる同心などから、八九郎は影与力と呼ばれていた。遠山がそう命名したからである。

遠山には三人の内与力がいたが、八九郎に四人目の内与力を命ずるにあたり、奔放《ほんぽう》な性格や剣の腕が立つことに目を付け、

「そちは、わしの影与力だ」

と、口にしたのである。

遠山には、八九郎を市中に潜伏させ世情を探らせるとともに、奉行の意を受けて事件の探索にあたらせる意図があったのだ。

以後、八九郎は遠山の影与力として市中に潜伏していたのである。

「大勢の者が市中で斬り合うなど、もってのほかだ。町奉行としても、看過《かんか》できん」

遠山が語気を強めて言った。

「…………」

「しかも、旗本の家臣だけでなく、町人と牢人もくわわっているようだぞ。となれば、町奉行の管轄だ」

「いかさま」

思わず、八九郎はうなずいてしまった。

「そこで、大事に至らぬうちに、ひそかにそちに始末して欲しいのだ」

「心得ました」

八九郎は遠山にうまく丸め込まれたような気がしたが、承知するよりほかなかった。

遠山の話がとぎれたとき、

「さっそく、探索に当たります」

そう言って、八九郎は低頭し、その場から去ろうとすると、

「八九郎」

と、遠山が声をかけた。

「油断するなよ。手に余らば、斬ってもかまわんぞ」

遠山が八九郎に目をむけて言った。その目には、八九郎の身を案ずるような色があった。

「心して当たります」

八九郎は、もう一度遠山に頭を下げてから座敷を出た。

第二章　横霧《よこぎり》

1

「まず、一杯」

八九郎は、銚子を手にして彦六の猪口《ちょこ》に酒をついでやった。

暮れ六ツ（午後六時）すこし前、彦六と浜吉が寅次一座の小屋に姿を見せたので、ふたりを浜崎屋に連れてきたのである。ちょうど、腹が減っていたし、座員たちの前では話が聞けなかったからだ。

「それで、何か知れたのか」

八九郎は彦六が、猪口の酒を飲み干すのを待ってから訊いた。彦六と浜吉は、政造と村野勘兵衛を探っていたのである。

「旦那のお眼鏡どおり、政造と村野はつながってるようですぜ。……浜吉、おめえから話してくれ」

彦六が、浜吉に目をやった。

浜吉は威勢のいい若者で、ふだんは浅蜊《あさり》や蛤《はまぐり》の剝き身を売り歩いていた。江戸は貝類を売り歩く者が多かった。江戸湊に面していたし、市中のいたる所に河川や掘割があったので、魚貝類が豊富に採れたのである。

「へい、あっしは、政造の塒《ねぐら》のあった山谷で聞き込んでみやした」

そう前置きして、浜吉が話したことによると、半年ほど前まで政造が村野らしい牢人といっしょに歩いているのを見た者が何人かいるという。

「ですが、政造のやつ、ここ半年ほど前《めえ》に塒の長屋を出たきりのようでさァ」

浜吉は政造の住んでいた山谷の長屋をつきとめて行ってみたが、もぬけの殻《から》だったという。

「村野はどうだ」

八九郎が訊いた。

「村野のことは、あっしから話しやす」

彦六が話しだした。

どうやら、彦六と浜吉は手分けして探ったらしい。

彦六は、村野が浅草元鳥越町にある重蔵《じゅうぞう》という男が貸元をしている賭場の用心棒をしていると聞き込み、賭場の常連客らしい男から村野の様子を訊いたという。

男の話によると、村野は残忍な男で、笑いながら人を斬ることから狂い犬と陰で呼ばれて恐れられていたそうだ。ところが、村野は半年ほど前から重蔵の賭場に姿を見せなくなったという。

「政造といっしょだな」

八九郎が言った。

「へい、半年ほど前に、村野と政造はいっしょに浅草を出たとみていやす」

「それで、ふたりはいまどこにいるのだ」

「分からねえんで。……上野の山下《やました》で、ふたりの姿を見かけたという者もいやしたが、はっきりしねえ」

山下というのは、東叡山寛永寺の東に当たり、岡場所のあることでも知られた歓楽街のひろがっている地である。

「小笠原家の筋から探れば、村野と政造の塒もつきとめられるかもしれんな」

八九郎が低い声で言った。

「旦那、小笠原家ってえなァ何です？」

彦六が訊いた。浜吉も、訝《いぶか》しそうな顔をして八九郎に目をむけた。八九郎は、まだふたりに小笠原家のことは話してなかったのだ。

「今度の件は、小笠原家の家督相続争いのようなのだ」

八九郎は、林崎から聞いた子細をふたりに話してから、遠山から探索の指示を受けたことを伝えた。ただ、遠山が小笠原長門守の依頼で、八九郎に話を持ってきたことは伏せておいた。遠山の私的理由で、探索を命じられたことにしたくなかったのである。

「旦那、お奉行からお指図があったとなりゃァ、沖山の旦那たちにも話した方がいいですぜ」

彦六が勢い込んで言った。

「そうだな。……彦六、沖山たちにつないでくれるか」

八九郎も、沖山たちの手を借りようと思った。

「承知しやした」

彦六と浜吉がいっしょにうなずいた。

それから、八九郎たちはいっとき酒を飲み、そばで腹ごしらえをしてから、浜崎屋を出た。

外は夜陰につつまれていた。五ツ（午後八時）ちかいだろうか。薬研堀沿いの通りは、ひっそりとして、人影もほとんどなかった。表店は大戸をしめ、夜の帳《とばり》のなかに黒く沈んでいる。

それでも、十六夜《いざよい》の月が出ていて通りを仄白《ほのじろ》く照らしていた。掘割の水面が、月光を反射《はね》て、淡い青磁色にひかっている。

静かな夜だった。掘割の汀《みぎわ》に寄せるさざ波の音と、すこし離れた大川の流れの音が微妙な音色と旋律を生み、心地好くひびいている。

「旦那、いい月ですぜ」

彦六が頭上に目をやりながら言った。すこし、足元がふらついている。酔いのせいらしい。

「そうだな」

八九郎もいい気分だった。心地好い酔いにくわえて、大川の川面を渡ってきた風が火照った肌に心地好かったのだ。

八九郎たちは、薬研堀沿いから大川端へ出た。急に流れの音が大きくなり、轟々と耳を聾するほどに聞こえてきた。町筋が静まっているせいで、流れの音がよけい大きく聞こえるらしい。

そのとき、三人の男が大川端の柳の樹陰にいた。三人の男は、両国広小路の方へむかって遠ざかっていく八九郎たちの後ろ姿に目をやっていた。巨軀《きよく》の武士と総髪で着流しの牢人、それに遊び人ふうの町人だった。

牢人は村野勘兵衛で、町人は政造だった。もうひとりの武士は、羽織袴姿で二刀を帯びていた。御家人か、江戸勤番の藩士といった格好である。

「有馬《ありま》どの、あやつが嵐八九郎という男だ」

村野が武士に言った。

巨軀の武士の名は、有馬稲三郎《とうざぶろう》。赤ら顔で眉が濃く、眼光の鋭い男だった。肩幅がひろく、胸が厚かった。どっしりとした腰をしている。武芸の修行で鍛え上げた体のようだ。

「牢人か」

有馬が訊いた。

「軽業の見世物小屋に居候してやすぜ」

政造が、口元に薄笑いを浮かべて言った。

「なかなかの遣い手らしいが、芸人に厄介になっているのか」

有馬が驚いたような顔をした。

「広小路を縄張にしている遊び人に訊いたんですがね。やつは、見世物小屋の用心棒だそうでさァ」

「用心棒な」

「だが、やつが林崎たちに味方して房之助を助けたのは、まちがいないのだ」

村野が言った。

「斬るか」

有馬が大きな目をひからせて言った。

「それがいい」

村野がニヤリと笑った。細い目が、嗜虐的《しぎやくてき》なひかりを帯びている。

2

深川、佐賀町。大川にかかる永代橋の近くに船甚《ふなじん》という船宿があった。船甚の二階の座敷に、六人の男女が集まっていた。八九郎、彦六、浜吉、沖山小十郎、玄泉、それにおけいである。

船甚は八九郎が贔屓《ひいき》にしている店で、密偵たちとの密会のおりに使われることがあった。女将《おかみ》のお峰《みね》は、八九郎が町奉行所にかかわりのある者だと知っていて、何かと便宜をはかってくれたのだ。舟が必要なときは調達してくれたし、密談のおりには他の客を断って貸し切りにしてくれたりもした。

「嵐さま、膳を運びましょうか」

お峰が座敷に顔を覗かせて訊いた。八九郎から聞いていた客が、そろったからである。

「そうしてくれ」

八九郎が言うと、お峰はすぐに階下にもどった。

いっときすると、お峰は女中とふたりで酒肴の膳を運んできた。

八九郎たちはたわいもない噂話をしながら、お峰と女中が膳を並べ終わるのを待った。

お峰と女中が下がると、

「まず、喉をしめしてくれ」

八九郎がそう言って、銚子を手にした。

いっとき酒を酌み交わしてから、

「みんなに頼みたいことがあって、集まってもらったのだ。薬研堀近くの大川端で斬り合いがあったのだが、噂を聞いているか」

八九郎が切りだした。

八九郎の顔から、見世物小屋に居候しているときのしまりのない表情は消えていた。眼光がするどく、影与力らしい凄みがある。

「耳にしているぞ」

玄泉が胴間声で言った。

物言いが乱暴だった。玄泉は町医者だったが、半分やくざ者で八九郎を仲間のように思っていたのだ。八九郎は、言葉遣いなど気にもしなかった。

玄泉は異様な風体の主だった。赤ら顔で目鼻が大きく、坊主頭で目がギョロリとしていた。手足が太く、ずんぐりした体軀をしている。それが酒気を帯びると、さらに顔が赤くなり、まるで蛸入道《たこにゆうどう》のようになる。

「その件でな。お奉行から、探索のお指図があったのだ」

八九郎は、偶然通りかかり、斬り合いにくわわったことから見世物小屋に房之助を匿ったこと、争いは小笠原家の家督相続が原因であること、さらに遠山に会って、事件の探索を命じられたことなどをかいつまんで話した。

「それで、おれたちは何をすればいいのだ」

沖山が訊いた。

沖山も玄泉と同じように仲間のような口をきいた。沖山は八九郎が長屋で独り暮らしをしているときに知り合い、当時は同じ長屋暮らしの牢人として口をきいていたので、いまもそのときの言葉遣いが残っているのだ。

八九郎は、沖山の出自も過去も知らなかった。沖山は自分のことを話そうとしなかったし、八九郎も訊かなかった。いまも、長屋で独り暮らしをしているはずである。

沖山の歳は二十七。何か暗い過去があるのか、顔に鬱屈した暗い翳《かげ》が張り付いていた。ただし、沖山は一刀流の遣い手で、しばしば八九郎や他の密偵たちの危機を救ってくれたのだ。

「まず、房之助を亡き者にしようとしている一味の首謀者をつかむことだな。敵が何者か分からないのでは、手の打ちようもないからな」

犬山、村野、政造の名は分かっていたが、犬山たちがだれの指図で動いているのか分からなかった。

「それで、どう動く？」

「村野と政造は、これまでどおり、彦六と浜吉に頼みたい」

「へい」

彦六が答え、浜吉がうなずいた。

「おれは、何をする？」

玄泉が、赤い顔で訊いた。酒がまわってきたらしい。

「そうだな。玄泉には、およしを頼むか」

「およしというと、長門守の妾だな」

「そうだ。小笠原家の騒動には、およしがからんでいるのは、まちがいないだろう」

「およしは、小笠原家の屋敷にいるのか」

「いや、別のところで囲われているらしい。……およしが柳橋の料理屋で座敷女中をしているおり、長門守さまと馴染むようになり、妾になったらしいのだ。そのあたりから探れば、囲われている場所もつかめよう」

まず、およしの妾宅をつきとめることから始めるが、それには玄泉が適任だろう、と八九郎は思った。玄泉は博打や女遊びが好きで、柳橋の料理屋にも出入りしている店があると聞いていたのだ。

「頭、料理屋の名が分かると早いのだがな」

玄泉が訊いた。

「それが、分からん」

「まァ、何とかなるだろう」

そう言って、玄泉は手にした猪口の酒を飲み干した。

「それで、おれは何をすればいい」

沖山がくぐもった声で訊いた。

「沖山は小笠原家のことを聞き込んでくれ。噂話でいい。……たしか、小笠原家の屋敷は、駿河台《するがだい》にあると聞いている」

「承知した」

沖山は抑揚のない声で言うと、手酌で猪口に酒をついだ。

「わたしは？」

おけいが訊いた。

「おけいは、柳橋と浅草寺界隈の料理屋に行く機会があったら、およしと長門守さまの噂話を聞き込んでくれ」

おけいは三味線師匠だった。大年増で、色白の美人だった。女にしては目がけわしく、それが男たちに妖艶な感じを与えた。

おけいの弟子には、芸者、町娘、料理屋の女中などがいた。柳橋や浅草にも弟子がいるはずである。そうした弟子から噂話を聞くだけでも、探索に役立つような情報が得られるだろう。

「分かったよ」

おけいが、うなずいた。

話が一段落すると、八九郎はふところから袱紗《ふくさ》包みを取り出し、

「これは、探索に使ってくれ」

と言って、切り餅をふたつ膝先に置いた。

切り餅ひとつに一分銀が百枚、二十五両つつんである。ふたつで、五十両である。この金は、八九郎が奉行の役宅を出るおり、武藤が、これは、お奉行からのお手当てだ、といって渡してくれたものである。

遠山は八九郎が何人かの密偵を使っていることを知っていて、特別な探索を頼むときに八九郎に金を渡すことがあったのだ。いわば、軍資金である。

「ありがたい、役得だな」

玄泉が、赤い顔に喜色を浮かべて声を上げた。

3

「嵐さま！　大変ですよ」

楽屋の部屋を仕切るために垂らしてある莨莚の間から、お京が顔を覗かせて言った。

まだ、陽は出たばかりである。八九郎と房之助は寝間着から着替え、小屋の裏手で顔を洗ってもどったところだった。

六ツ半（午前七時）前であろうか。莨莚の間から淡い朝陽が細い筋になって射し込んでいた。小屋の座員は動き出し、あちこちから物音や話し声が聞こえている。

「どうした？」

八九郎が訊いた。

「薬研堀近くの大川端で、人が斬られてます」

お京が顔をこわばらせて言った。

「人が斬られていようが、おれには何のかかわりもない。町方の仕事だ」

八九郎が、苦笑いを浮かべた。ちかごろ、お京は何か事件があると知らせに来るが、八九郎がかかわるのは、遠山から指示のあった事件だけである。もっとも、指示があってからでは遅い場合もあるので、これはと思う事件は前もって探索にあたることもある。

「斬られているのは、お侍ですよ。それも、あたしと嵐さまが、房之助さまたちをお助けした近くで」

お京が口をとがらせて言った。八九郎が動かないので、腹が立ってきたらしい。

「武士か」

八九郎は、小笠原家の家督相続に何かかかわりがあるかもしれないと思った。

「行ってみるか」

八九郎が刀を手にして立ち上がると、

「わたしも、行きます」

房之助が顔をこわばらせて言った。

すると、お京が、

「あたしもいっしょに行く」

と言って、八九郎につづいて小屋から飛び出した。

八九郎は、お京も連れていくことにした。房之助は軽業師のような格好をしていたので人目を引くが、お京もいっしょなら騒ぎを聞きつけて見世物小屋から駆け付けた野次馬と思うだろう。

大川端を小走りに急ぎながらお京に、だれに聞いたのか訊くと、一座の小屋の前で通りかかった者が話しているのを耳にし、行って見てきたという。

「斬られたのは、ひとりだな」

八九郎が訊いた。

「ふたりです」

お京によると、羽織袴の武士がひとりと中間《ちゅうげん》ふうの男がひとりだという。

そんなやり取りをしながら薬研堀近くまで来ると、前方の大川端に人だかりができているのが見えた。ぼてふり、職人ふうの男、供連れの武士など、通りすがりの者たちのようだ。

近付くと、人垣のなかに林崎の姿が見えた。けわしい顔をして、大川の岸近くに立っている。

「あけてくれ」

八九郎は、集まっている野次馬たちを押し退けて前へ出た。斬殺された者は、林崎の足元近くに横たわっているらしい。

「嵐どの」

林崎は八九郎に声をかけ、そばにいる房之助にちいさくうなずいた。

「見てくれ」

林崎が足元を指差した。

川岸の斜面になっている叢《くさむら》に、男がひとり伏臥《ふくが》していた。武士である。羽織袴姿で、右手に刀を持っていた。下手人と斬り合ったのかもしれない。つっ伏した首のあたりの叢が、どす黒い血に染まっていた。首を斬られたのかもしれない。

「斬られたのは、だれだ」

八九郎が小声で訊いた。

「秋元佐兵衛《あきもとさへえ》どの、長門守さまにお仕えしている方だ」

林崎によると、秋元は小笠原家の家士で、房之助の養子話を進めるために滝山家に何度か来ているそうだ。

滝山家は、日本橋久松町にある。昨日、秋元は滝山家の当主の牧右衛門に長門守の意向を伝えにきた帰りに大川端を通り、何者かに襲われたらしいという。

「小笠原家の屋敷は駿河台にあるはずだが、秋元はなぜこの道を通ったのだ」

八九郎が訊いた。

久松町から駿河台へ帰るのに、大川端へ出るのは遠まわりである。久松町から日本橋の町筋を抜けて神田川にかかる昌平橋近くへ出てから、神田川沿いを西にむかえば駿河台はすぐである。

「秋元どのは、房之助さまが身をかくしている見世物小屋を見てから駿河台へもどられると話していたので、この道を通ったのだろう」

林崎が小声で言った。

「うむ……」

「下手人は、滝山家から秋元どのの跡を尾《つ》けて、ここで襲ったのかもしれぬ」

「いずれにしろ、下手人は武士だな」

「秋元どのは、首を刎《は》ねられているようだ」

林崎が、けわしい顔をしていた。

「傷跡を見てみるか」

下手人は手練《てだれ》のようだ。一太刀で、刀を手にしてむかってくる相手の首を刎ねるのは至難である。

八九郎は秋元の肩先をつかんで転がし、死体を仰向けにさせた。

「こ、これは！」

思わず、八九郎は声を上げた。

凄まじい斬り口だった。死体の首は、横に深く斬られ、傷口から截断された頸骨《けいこつ》が白く覗いていた。首から胸にかけてどす黒い血に染まっている。

……やはり、手練だ。

しかも、下手人は特異な剣を遣うとみていい。

下手人は、刀を横一文字に払って相対した秋元の首を刎ねている。特異な太刀捌きとみていいだろう。

「下手人は何者であろう」

林崎が顔をこわばらせて言った。林崎も、下手人が特異な剣を遣う手練であることに気付いたようだ。

「おぬしたちを襲った者たちのなかに、変わった構えをする者はいなかったがな」

八九郎は、犬山も牢人の村野勘兵衛も秋元を斬った下手人ではないような気がした。ふたりとも、特異な剣を遣うような構えではなかったのだ。

「すると、敵方には別の遣い手がいるということか」

林崎が驚いたような顔をした。

「そうみた方が、いいかもしれん」

たしかである。

まだ、何とも言えなかったが、敵方に首を刎ねる特異な剣を遣う手練がいることは
「うむ……」

林崎の顔に憂慮の翳が浮いた。そうでなくとも手を焼いている敵方に、これまで姿を見せなかった別の遣い手がいるらしいのだ。

房之助も事情を察したらしく、困惑したような表情を浮かべていた。

「もうひとりは？」

八九郎が訊いた。お京の話では、中間も斬られているということだった。

「中間が、あそこに」

林崎が、すこし離れた叢を指差した。そこにも、人だかりができていた。

八九郎たちが近付くと、野次馬たちは後ろへ下がって道をあけた。林崎のことを、殺されている中間が仕えている屋敷の者と思ったのかもしれない。

お仕着せの法被《はっぴ》を着ている男が、仰向けに倒れていた。三十がらみと思われる丸顔の男である。

「茂助《もすけ》という名のようです」

林崎が言った。

茂助は、肩から胸にかけて袈裟に斬られていた。こちらも、正面から一太刀で仕留められたようだ。

……秋元を斬った者とはちがうな。

と、八九郎はみてとった。

太刀筋がまったくちがっていたし、ひとりの手で、秋元と茂助を正面から斬るのはむずかしいはずだ。下手人が秋元を斬ろうとしている間に、中間は逃げだすだろう。斬れたとしても、後ろからの追い斬りになる。

「下手人は別人だな」

八九郎が言うと、林崎がうなずいた。おそらく、林崎も同じ見方をしたのだろう。

八九郎たちが、茂助の死体に目をやったまま口をつぐんでいると、

「ねえ、この人たち、どうするの？」

お京が、八九郎に身を寄せて訊いた。このままにしておくのは、かわいそうだと思ったらしい。

すると、林崎が野次馬たちには聞こえないように、

「小笠原家で引取りにくるはずだ」

と、小声で言った。

4

「女将、一杯、どうだ」

玄泉は銚子を手にして酒をすすめた。

柳橋にある鶴屋《つるや》という料理屋だった。ちかごろ、玄泉は鶴屋を馴染みにしていて、金が入ると酒を飲みに来ていた。安い割りには肴がうまかったし、女将のおつたの気さくなところも気に入っていた。

ただ、今日は酒が目的ではなかった。おつたから、およしという女のことを聞き出すためである。

「あら、すまないねえ」

おつたは、玄泉に肩先を寄せながら杯を取った。

おつたは大年増で、太っていた。大きな顔で目が細く、頰が饅頭《まんじゆう》のようにふっくらしている。どう贔屓目に見ても美人とは言い難いが、肌は白く、胸の大きな豊満な体をしていた。玄泉は豊満な体が好みだったので、顔など気にならなかったのだ。

三杯ほどあけると、おつたの饅頭のような頰が桜色に染まり、細い目がさらに細くなった。愛嬌《あいきょう》のある顔である。

「ところで、おつた、訊きたいことがあるのだがな」

玄泉が切り出した。

「何です、あらたまって」

おつたが、鼻にかかった声で言った。

「およしという女を知っているか。料理屋に勤めていたそうだ」

「まさか、旦那のいい女《ひと》じゃァないでしょうね」

おつたが、拗《す》ねたような顔をした。

「おれの女じゃァねえ。玉《たま》の輿《こし》に乗ったと耳にしたんでな。どんな女か、訊いてみたのよ」

玄泉が、茹《ゆ》で蛸のような顔の顎を指先で撫でながら言った。

「その女《ひと》、この近くの店にいたのかい」

「柳橋の料理屋で、女中をしていたと聞いたがな」

「店の名は？」

「それが、分からねえんだ」

「店の名が分からないんじゃァねえ」

おつたは、首をひねった。

「小笠原とかいう大身の旗本にみそめられて、子供まで産んだそうだぜ」

玄泉は小笠原の名を出した。

「その女、繁乃屋《しげのや》さんにいたかもしれないよ。ずいぶん前のことだけど、そんな噂を聞いた覚えがあるよ」

「繁乃屋というと、神田川沿いにある店か」

玄泉は、神田川沿いに繁乃屋という老舗《しにせ》の料理屋があるのを知っていた。大店《おおだな》の旦那や大身の旗本などが利用することで知られた店である。

「そうだよ」

「女の名は、およしだな」

玄泉は念を押した。

「名前ははっきりしないよ。むかしのことだし……」

おつたは銚子を取ると、

「そんなむかしの話、どうでもいいじゃァないのさ。飲んでおくれよ」

甘えたような声で言って、玄泉の杯に酒をついだ。

「そうだな。今夜は、おつたを相手にのんびり飲むか」

玄泉は、おつたについでもらった杯の酒を一気に飲み干した。

それから、玄泉は一刻（二時間）ほど飲んで、鶴屋を出た。

店の外は満天の星だった。すでに、五ツ（午後八時）は過ぎているだろうか。ただ、柳橋の通りは、まだ賑やかだった。酔客や箱屋を連れた芸者などが行き交い、料理屋や料理茶屋などから嬌声、酔った客の哄笑、三味線の音などが聞こえていた。柳橋の繁華街が寝静まるのは、さらに夜が更けてからである。

その夜、玄泉はそのまま塒にしている佐久間町の借家へ帰った。だいぶ飲んでいたし、繁乃屋で話を訊くのは、明日にしようと思ったのである。

翌日、陽が西の空にまわると、玄泉はふたたび柳橋に姿をあらわした。繁乃屋の前まで来ると、すでに客が入っているらしく、二階の座敷から嬌声や男の濁声《だみごえ》などが聞こえてきた。

玄泉は店先の暖簾《のれん》をくぐった。土間の先が板敷きの間になっていて、その奥に二階に上がる階段と障子を立てた座敷があった。

「いらっしゃい」

左手の帳場から声がかかり、女将らしい女が慌てた様子で出てきた。

色白で、粋な感じのする年増だった。子持縞《こもちじま》の小袖の裾から赤い蹴出しと白い素足が覗いている。

「女将かな」

玄泉は物馴れた様子で訊いた。

「はい、お松《まつ》といいます」

「ひとりだが、座敷はあいてるかな」

玄泉は黄八丈の小袖に黒羽織姿で来ていた。流行っている町医者のような格好をしているので、女将も安心して座敷に通すはずである。

「奥の静かな部屋があいてますよ」

女将が笑みを浮かべて言った。

「そこがいいな」

玄泉が通されたのは、二階の隅の狭い座敷だった。男女の密会などに使われる座敷かもしれない。

「肴は適当にみつくろって頼むかな。それに、酌を頼みたいのだが、できれば年増がいいな。この歳になると、若いのは苦手でな」

玄泉は坊主頭を撫でながら照れたような顔をして言った。およしのことを訊くために、五、六年前のことを知っている年配の女中を頼みたかったのだ。

「はい、はい、すぐに寄越しますよ」

女将はそう言い置いて、座敷から出ていった。

いっとき待つと、ほっそりした女が酒肴の膳を運んできた。色の浅黒い大年増だった。細い目がつり上がり、狐のような顔をしている。玄泉は、こうした筋張った感じのする女は嫌いだった。

それでも玄泉は愛想笑いを浮かべ、

「なんという名かな」

と、猫撫で声で訊いた。今夜は女と楽しむために来たのではない。およしのことを聞き出すためである。女の好き嫌いにこだわっている場合ではないのだ。

「おくらです」

女が甘えるような鼻声で言い、玄泉の脇に座って銚子を取った。

玄泉は杯を取り、おくらに酒をついでもらいながら、

「おくらか、いい名だな」

と、目を細めて言った。精一杯の愛想である。

「お客さんのお名前は？」

「竹庵《ちくあん》だ。町医者をしておる」

竹庵は咄嗟《とっさ》に思いついた偽名である。

「まァ、一杯飲んでくれ」

玄泉は銚子を取った。

すると、おくらは玄泉に気に入られたと思ったのか膝を寄せてきて、しなを作りながら杯を差し出した。

「おくら、訊きたいことがあるのだがな」

玄泉が酒をつぎながら言った。

「なんです？」

「五、六年前のことだが、この店におよしという女が座敷に出てたはずだが、知っているかな」

「知ってますよ。お客さん、およしさんと何かかかわりがあるんですか」

おくらが訝しそうな顔をした。

「いや、おれの患者がな。およしに惚れていたらしく、ずいぶん悔しがっていたのを思い出したのだ。……およしは、玉の輿に乗って、大身の旗本の子まで産んだそうじゃァないか」

玄泉は、世間話でもするような口調で言った。

「そうなんですよ。……でも、身分がちがいすぎるから、およしさん、苦労してるんじゃァないですかね。いまでも、屋敷には入れないそうですよ」

おくらが、眉宇を寄せて言った。

「子供を産んだ後も、どこかに囲われているのか」

玄泉は驚いたような顔をして見せた。

「そのようですよ。母子《おやこ》で、狭い家に住んでいるって聞いてますから」

「家はどこだ」

小笠原長門守が用意した妾宅であろう。玄泉は、およしの住んでいる家を知りたかった。近所で聞き込めば、およしの様子が分かるはずである。

「諏訪町だと聞いたけど……」

おくらは首をひねった。はっきりしないらしい。

浅草諏訪町は、大川端にひろがっている町である。彦六や浜吉の手を借りれば、およしの住む妾宅はつきとめられるだろう、と玄泉は踏んだ。

「それで、およしがこの店をやめた後も、会ったことがあるのか」

玄泉が声をあらためて訊いた。

「ないですよ。……ねえ、もういいじゃァないの、およしさんのことなんて」

おくらが口をとがらせて言った。

「そうだな」

玄泉は、おくらからおよしの人柄でも訊こうと思ったのだが、たいしたことではないと思いなおし、それ以上およしの話はしなかった。

5

八九郎が夕めしを食いに見世物小屋から出ようとすると、お京が仙吉《せんきち》を連れて姿を見せた。仙吉はまだ若く、舞台には立てない見習いの軽業師で、座頭の使い走りもしていた。

お京と仙吉は、浮かぬ顔をしている。

「どうした？」

八九郎が訊いた。

「……気になるんですよ」

お京が、つぶやくような声で言った。

「何が気になるのだ」

「仙吉さんから、話してよ」

お京が仙吉に顔をむけた。

「頭に頼まれて莨《たばこ》を買いに、水野屋《みずのや》へ行った帰りなんです」

そう前置きして、仙吉が話しだした。水野屋は薬研堀近くにある莨屋である。

仙吉が大川端へ出て、薬研堀に足をむけて歩きだしたとき、遊び人ふうの男がふたり、仙吉の前に立ちふさがった。

「おめえ、寅次一座の者だろう」

目の細い、顎のとがった男が訊いた。もうひとり、小柄な男はすばやい動きで仙吉の後ろにまわり込んできた。

「は、はい……」

仙吉の声が、恐怖で震えた。

「小屋に牢人者がいるな」

目の細い男が、念を押すように訊いた。静かな物言いだが、声に恫喝するようなひびきがあった。

仙吉は、首をすくめるようにうなずいた。怖くて、ふたりの男に逆らうことができなかったのだ。それに、八九郎のことは特に口止めされていなかったのだ。

「その牢人だが、何てえ名だい？」

目の細い男が、仙吉を睨《にら》むように見すえて訊いた。

「嵐八九郎さまで……」

「隠さずに話しているようだな」

目の細い男がニヤリとした。どうやら、八九郎のことを知っていて、仙吉にしゃべらせたようだ。仙吉が、正直に話すか確かめたようだ。

「芸人の小屋に、何で牢人が住んでるんだ」

さらに、男が訊いた。

「こ、小屋で揉め事があったとき、間に入って助けてくれるんです」

仙吉が震えを帯びた声で答えた。

「見世物小屋の用心棒かい」

目の細い男の口元に揶揄《やゆ》するような笑いが浮いた。

ふたりの男が口をつぐんだので、仙吉が、

「行っても、いいですか」

と小声で訊いて、目の細い男の脇を擦《す》り抜けようとした。

「まだだ。おれたちが訊きてえことは、これからだよ」

目の細い男が、仙吉の前にあらためて立ちふさがった。

「おめえたちの小屋に、房之助ってえ若侍はいねえかい」

男が仙吉に身を寄せて訊いた。

「い、いません……」

仙吉は強く首を横に振った。怖かったが、房之助のことは話すな、と言われていたので、いないと答えたのである。

「若侍は、いねえんだな」

男の語気がするどくなった。

「か、軽業師しかいません」

仙吉は声を大きくして答えた。

「小屋には、いねえのか」

男はそれ以上追及しなかった。仙吉の言葉を信じたようである。

仙吉は男が、行ってもいい、と口にしたので、小屋まで走って帰ったという。

仙吉から話を聞いた八九郎は、

「顎のとがった目の細い男か」

と、訊いた。政造ではないかと思った。八九郎は林崎たちが襲われたとき、政造の顔を見ていたのだ。

「その男です」

仙吉がうなずいた。

……政造だ。

と、八九郎は確信した。

もうひとりは、政造とかかわりのある者かもしれない。いずれにしろ、犬山たちの一味とみていいだろう。

……犬山たちは、小屋を探っているようだ。

八九郎は、自分のことはかまわないが、房之助を匿っていることが知れるとまずい、と思った。

いつ、小屋が襲われるか分からないし、敵の人数によっては八九郎ひとりではどうにもならない。ただ、仙吉の話から判断すると、まだ、犬山たちは房之助が小屋に匿われていることは知らないようだ。

「仙吉、うまく答えたな。……これからも、房之助のことを訊かれたら知らないと答えてくれ」

八九郎が仙吉に言った。

「はい」

仙吉は、ほっとしたような顔をした。

「出かけてくるからな」

八九郎はそう言い置いて、小屋から出た。

暮れ六ツ（午後六時）を過ぎたばかりで、辺りはまだ明るかった。西の空には残照がひろがっていたが、頭上の空は青かった。

両国広小路は、仕事帰りのぼてふり、出職の職人、家路に急ぐ町娘、供連れの武士などが、迫り来る夕闇に急《せ》かされるかのように足早に行き交っていた。

八九郎が大川端を川下にむかって一町ほど歩いたとき、前方から来るひとりの武士を目にとめた。林崎である。林崎は屋敷内の長屋から外出するので、武士らしい格好をしたらしい。

「おれに、用か」

八九郎は足をとめた。

「話しておきたいことがあってな」

「おぬし、夕めしは？」

「まだだ」

「この先に、そば屋がある。どうだ、付き合うか」

八九郎は、浜崎屋へ行くつもりだったのだ。

「そばでも食いながら話すか」

林崎は承知し、八九郎に跟《つ》いてきた。


大川の岸辺にある店仕舞いした床店《とこみせ》の陰から、八九郎と林崎の背に目をむけている男がふたりいた。ふたりとも、縞柄の小袖を裾高に尻《しり》っ端《ぱし》折《よ》りし、両脛をあらわにしていた。遊び人ふうの格好である。

仙吉から話を聞いた目の細い男と小柄な男だった。目の細い男は政造で、小柄な男は伊勢吉《いせきち》という名だった。政造の弟分で、政造に誘われて一味にくわわったのである。

「兄い、尾けやすか」

伊勢吉が小声で訊いた。

「よし」

ふたりは床店の陰から通りへ出た。

店仕舞いした表店の陰や樹陰などに身を隠しながら、ふたりは一町ほど先を行く八九郎と林崎を尾けていく。

6

「ともかく、一杯」

八九郎は銚子を取った。

「すまんな」

林崎は猪口についでもらった酒を一気に飲み干した。酒はいける口のようである。

ふたりは互いに注ぎ合っていっとき喉を潤《うるお》した後、

「それで、話とは？」

八九郎が訊いた。

「秋元どのが斬殺されたのを知った長門守さまは、たいそうご立腹され、このように家中で揉めるのは養子が家に入らないためだと申され、房之助さまを養子にするのを半年も待つことはないと言い出されたそうなのだ」

林崎によると、両国広小路で顔を合わせた小笠原家の家士から聞いたという。

「それで、いつ？」

「この秋にもと申されているそうなので、三月ほど後ということになろうか」

まだ、今秋にもというだけで、養子にむかえる日を決めたわけではないという。

「三月ほどか」

八九郎も、早い方がいいと思った。房之助を小笠原家で養子にむかえ、跡継ぎということがはっきりすれば、小笠原家の騒動も収まるはずである。

「その日まで、なお一層の用心が必要になる。犬山たちは、何としても房之助さまが屋敷に入る前に亡き者にしようとするだろう」

「そうかもしれん」

犬山たちにすれば、与えられた期間が短くなったことになる。強引な手を使ってでも、房之助の命を狙ってくるだろう。

「それで、おぬしに頼みがあるのだ」

林崎が声をあらためて言った。

「なんだ？」

「おれも、見世物小屋においてくれんか」

「なに、おぬしを！」

思わず、八九郎が聞き返した。

「そうだ」

「だめだな。おぬしがいたら、犬山たちに、小屋で房之助どのを匿っていることを教えてやるようなものではないか」

林崎の気持ちも分かるが、それでは小屋で房之助を匿う意味がなくなる。

「おれも、房之助さまと同じように、軽業師に化けたらどうだ。房之助さまと同じように、おれも正体を隠せると思うが」

林崎は、軽業師らしく髷と衣装を変えれば、それらしく見えるだろうと言い添えた。

「うむ……」

できないことはない、と八九郎も思った。

「身を変えて、小屋から出ないようにすればいい。そうすれば、小屋の者としか見えないはずだ」

「分かった。座頭に話してみよう」

八九郎の一存で決めるわけにはいかなかった。

「よし、これでいい。おれとおぬしとが、常時、房之助さまのそばにいれば、犬山たちが襲ってきても何とかなる」

そう言って、林崎は猪口の酒を一気に飲み干した。

八九郎と林崎が浜崎屋を出たのは、五ツ（午後八時）ごろだった。風のない静かな月夜だった。頭上で、十六夜の月が皓々《こうこう》とかがやいている。

ふたりは、薬研堀沿いの道から大川端へ出た。大川の川面はいつもより流れがおだやかだった。ちかごろ雨がなく、水量がすくないせいもあるのかもしれない。

川面にちいさな波の起伏が無数に刻まれ、彼方の江戸湊まで流れている。波の起伏が月光を反射《はね》て、淡い青磁色のひかりを放っていた。美しいというより、不気味な感じがした。その様は、巨竜が雲を起こし雨を呼ぶために鱗《うろこ》をひからせ巨体をくねらせているようにも見える。

「おい、だれかいるぞ」

林崎が、八九郎に身を寄せて低い声で言った。

前方、大川端の柳の陰に黒い人影があった。そこは、闇が深くぼんやりとした人影が識別できるだけで、武士なのか町人なのかも分からない。

「もうひとりいる」

八九郎が言った。

その人影のある柳の樹陰の向かいが、大名の下屋敷になっていた。その屋敷の築地塀の角にも人影があった。こちらも、闇が深く何者なのかまったく分からない。

「どうする？」

林崎が訊いた。

「相手は、ふたりだ。恐れることはあるまい」

八九郎は、犬山たちならここで返り討ちにしてやろうと思った。

人影のひそんでいる場所まで半町（約五十五メートル）ほどあろうか。八九郎と林崎は、人影に目を配りながら歩いた。

さらに八九郎たちが人影に近付いたとき、築地塀の角から人影がゆっくりとした足取りで通りに出てきた。

「おい、ふたりだぞ！」

林崎が声を上げた。

ひとりではなかった。ふたりいた。ひとりは小袖に袴姿で二刀を帯びていた。長身である。もうひとりは、中背で牢人体だった。

そのときだった。柳の樹陰からも、人影が出てきた。こちらは、巨軀の武士だった。六尺（約百八十二センチメートル）はあろうかと思われる偉丈夫である。

「敵は三人だ！」

林崎の声に昂《たかぶ》ったひびきがあった。

「どうやら、おれたちを待ち伏せしていたようだな」

「ひとりは犬山だ」

林崎が言った。長身の武士が犬山らしい。もうひとり、牢人体の男は村野らしかった。巨軀の男は何者か分からない。

「やるしかないようだな」

八九郎は左手で刀の鯉口を切り、右手を柄に添えた。ここは、闘うしかなかった。すでに、三人の敵は、八九郎たちを取りかこむように迫っていた。

「背後にまわられるな」

八九郎が言った。

八九郎と林崎は川岸を背にして立った。後ろから攻撃されるのを防ごうとしたのである。

八九郎の正面に、巨軀の男が立った。赤ら顔で眉が濃く、するどい目をしていた。鬼のような面構《つらがま》えである。有馬稲三郎だった。むろん、八九郎は有馬の顔を見るのは初めてだったし、名も知らなかった。

……遣い手だ！

と、八九郎は察知した。

身辺に隙がなかった。肩幅がひろく、胸が厚い。腰がどっしりとしていた。武芸の修行で鍛え上げた体であることは一目で分かった。

……秋元の首を刎ねたのは、こやつかもしれぬ。

そう思ったとき、八九郎の全身に冷水をかけられたような感覚がはしり、身が顫《ふる》えた。恐怖や怯《おび》えではない。強敵と対峙したときの武者震いである。

7

「おぬし、何者だ」

八九郎が誰何《すいか》した。

「だれでもいい」

巨軀の武士が胴間声で言った。猛虎を思わせるような双眸《そうぼう》が、八九郎を睨むように見すえている。

「秋元を斬ったのは、おぬしだな」

「そうかもしれぬ」

武士は、否定しなかった。

ゆっくりとした動作で抜刀し、切っ先を八九郎にむけた。三尺（約九十一センチメートル）はあろうかと思われる長刀である。

八九郎も抜刀し、切っ先を武士にむけた。ふたりの間合は、およそ三間半（約六・四メートル）。まだ、斬撃の間境からは遠かった。

八九郎は、林崎に目をやった。犬山と対峙していた。村野は林崎の左手にまわり込んで、切っ先を林崎にむけている。

……林崎があやうい！

と、八九郎はみてとった。犬山と村野は遣い手である。林崎ひとりで、ふたりを相手にするのは無理だろう。

八九郎は巨軀の武士と一気に勝負をつけ、林崎に加勢するしかないと踏んだ。

八九郎は青眼に構えると、切っ先を武士の目線につけた。すると、武士の顔に驚きの色が浮いた。八九郎の剣尖に、そのまま目を突いてくるような威圧を感じたにちがいない。だが、すぐに表情を消し、切っ先を横にむけて胸の高さにとり、刀身を水平に寝せた。八相と脇構えの中間の構えである。

……この構えは！

八九郎は驚いた。初めて見る構えだった。ちょうど、薙刀《なぎなた》で敵の胴を狙って横に払おうとするような構えである。

武士の長刀が、月光を反射《はね》てにぶい銀色にひかっている。

「横霧《よこぎり》……」

武士がつぶやくような声で言った。どうやら、横霧と称する技らしい。

……この構えから、首を払うのか！

八九郎の脳裏に首を抉《えぐ》られた秋元の死体がよぎった。

だが、刀身が低すぎる、と八九郎は感じた。真横に払ったのでは、胴のあたりを斬ることになる。

……ただ、横に払うだけの剣ではないらしい。

と、八九郎は察知した。横霧と称されるからには、それだけの理由があるはずである。

武士は腰を沈め、足裏を擦るようにして間合をせばめてきた。巨岩で押してくるような威圧がある。

だが、八九郎の構えはくずれなかった。全身に気魄を込め、武士の威圧に耐えたのである。

間合がせばまるにつれ、武士の全身に気勢が満ち、顔が怒張したように赭黒《あかぐろ》く染まり、その巨軀がさらに膨《ふく》れ上がったように見えた。

ふいに、武士の寄り身がとまった。まだ、一足一刀の間境から一歩遠かった。武士の長刀をもってしても切っ先はとどかないはずだ。

武士の全身に剣気が高まり、斬撃の気配がみなぎってきた。

……この遠間から仕掛けるのか！

八九郎は、チラッと武士の刀身に目をやった。月光を反射た刀身がぼんやりとひかっている。その淡い光芒が銀色の霞のように見えた。

と、武士の全身に斬撃の気がはしった。

タアリャッ！

裂帛の気合とともに武士の巨軀が躍動し、閃光が疾《はし》った。

一瞬、八九郎の目に、銀色の霧がかかったように映じた。

次の瞬間、武士の切っ先が八九郎の胸元をかすめて流れた。反射的に、八九郎の上体が伸びて構えがくずれた。

間髪《かんはつ》をいれず、武士の二の太刀がきた。

横に払った刀身を返しざま、さらに横一文字に。

……これが、横霧！

切っ先が八九郎の首筋を襲う。神速の連続技である。

咄嗟に、八九郎は上体を後ろに倒した。危険を感知した体が勝手に反応したのである。

バサッ、と八九郎の着物の胸のあたりが横に裂けた。

次の瞬間、八九郎は右手に跳んだ。

武士の三の太刀を避けるために間合を取ったのだ。

あらわになった八九郎の胸板に、血の線が浮いている。咄嗟に八九郎が上体を後ろに倒したため、武士の一撃は首ではなく、胸部をとらえたのだ。

八九郎の胸板の傷から、血が赤い簾《すだれ》のように流れ落ちている。だが、それほどの深手はない。皮肉を浅く裂かれただけである。上体を後ろに倒したため、深手を負わずにすんだのだ。

「よくかわしたな」

武士の口元に薄笑いが浮いた。余裕である。おそらく、次は仕留められると踏んでいるのであろう。

「これが、横霧か」

「いかさま」

「この剣で、秋元を斬ったのだな」

「次は、おぬしの首を落とす」

言いざま、武士はふたたび刀身を水平に構えた。

そのとき、犬山の気合がひびき、つづいて林崎の低い呻き声が聞こえた。

見ると、林崎の着物の肩先が裂け、血に染まっている。犬山の斬撃をあびたらしい。命にかかわるような傷ではないが、林崎に利がないことは一目で分かった。

……このままでは、ふたりとも斬られる！

と、八九郎は察知した。

逃げるしか助かる手はない。だが、逃げるのはむずかしかった。背後は大川、前方は三人の敵にかこまれている。

……川しかない。

八九郎は、一か八か大川に飛び込むしか助かる手はないと踏んだ。

八九郎はすばやく後じさり、巨軀の武士との間があくと、

「林崎、川へ逃げろ！」

と叫びざま、手にした刀を巨軀の武士に投げつけた。

咄嗟に、武士は長刀をふるって、八九郎の刀をたたき落とした。

この一瞬の隙をとらえ、八九郎はきびすを返すと、川岸から川面へ身を投じた。

これを見た林崎も、手にした刀を犬山に投げ付け、八九郎につづいて川へ飛び込んだ。

八九郎が川面から首を突き出したとき、すぐ脇で大きな水飛沫《しぶき》があがった。林崎が身を投じたのである。

足が水底に付いた。水深は、八九郎の胸ほどである。

八九郎は川岸に目をやった。犬山たちが岸へ駆け寄り、川面に目をむけている。飛び込んでくる様子はなかった。もっとも、川のなかで斬り合うことはできず、飛び込んでもいっしょに流されるだけである。

八九郎は林崎が水面から顔を出すのを見て、

「川下へ行くぞ」

と声をかけ、川底を蹴って下流へむかった。

林崎がつづいた。

犬山たち三人は、川岸から八九郎たちに目をむけていた。その姿が、夜陰のなかに薄れていく。

八九郎と林崎は、流れにまかせて川下へむかった。川底を足で蹴るごとに、ふたりの頭がぴょこぴょこと川面から突き出ていた。

第三章　小屋襲撃

1

「嵐の旦那、行きやすか」

彦六が見世物小屋の垂れた茣蓙《ござ》の間から首を出して言った。

小屋の楽屋には、八九郎と林崎がいた。林崎は紫地の小袖に黒の小袴という軽業師《かるわざ》らしい格好をしている。

八九郎と林崎が犬山たちに襲われて三日経っていた。何とか逃れたふたりは寅次一座の小屋にもどり、林崎は軽業師に身を変えてそのまま小屋にとどまったのだ。むろん、房之助の身を守るためである。

ふたりとも、それほどの傷ではなかった。念のために傷口に晒を巻いたが、刀はふるえそうである。

「林崎どの、出かけてくるぞ」

そう言い置いて、八九郎は小屋を出た。

小屋の外で浜吉も待っていた。玄泉もくわえた四人で、これから浅草諏訪町へ行くことになっていたのだ。

玄泉の探索で、およしの妾宅が諏訪町にあると分かった後、彦六と浜吉も玄泉とともに諏訪町で聞き込み、妾宅をつきとめたのである。

八九郎は、彦六からおよしの妾宅が分かったことを知らされると、

「おれも、諏訪町へ行ってみよう」

と、言い出した。八九郎は、自分の目でおよしと松之助を見たかったし、暮らしぶりも知りたかったのだ。

八九郎は賑やかな両国広小路を歩きながら、

「玄泉は、どうした」

と、訊いた。小屋の近くに玄泉の姿がなかったからである。

「鳥越橋のたもとで待っているはずでさァ」

彦六が人混みのなかを歩きながら言った。

鳥越橋は、浅草御蔵の手前にあった。鳥越橋を渡り、浅草御蔵の前を過ぎれば諏訪町はすぐである。

八九郎たちは、浅草橋を渡り千住街道を北にむかった。いっとき歩くと、鳥越橋が見えてきた。

「旦那、玄泉さんがいやすぜ」

浜吉が声を上げた。

玄泉の姿は遠目にも目立った。坊主頭が、初夏の陽射しにひかっている。

玄泉は八九郎たちの姿を目にすると近寄ってきた。

「旦那、傷はいいんですかい。何なら、おれが手当てしてもいいが」

玄泉が口元に薄笑いを浮かべて言った。

「遠慮しとくよ。それに、かすり傷だ」

八九郎は、歩きながら両腕をまわして見せた。かすかに疼痛《とうつう》があったが、気にもならないほどの痛みである。

「やめておこう。おれが手当てして、かえって悪くなったなどと言われたくないからな」

玄泉はそう言って、八九郎の前にたって歩きだした。

諏訪町へ入って間もなく、

「この通りだ」

玄泉は右手の路地へ入った。

町筋をいっとき歩くと、家並の向こうに大川の流れが見えてきた。川面が初夏の陽射しを浴びて、黄金色にかがやいている。そのひかりのなかを、客を乗せた猪牙舟や荷を積んだ艀などがゆっくりと行き来していた。

「この先だよ」

そう言って、玄泉は左手の細い路地へ入った。

小店や表長屋などが軒を連ねる路地を一町ほど歩くと、狭い四辻に出た。

「あれが、およしの家だ」

四辻の一角に、板塀をめぐらせた仕舞屋《しもたや》があった。路地からすこしひっ込んだところにあり、ひっそりとしたたたずまいを見せていた。

「松之助も、ここで暮らしているのか」

八九郎は路傍に足をとめて訊いた。

「そのようだ」

玄泉と彦六が話したことによると、およしと松之助の他に女中が通いで来ているという。

「小笠原家の者はいないのか」

「ときおり、侍が姿を見せるそうでさァ。小笠原家のご家来が、様子を見にくるようですぜ」

彦六が言った。

「長門守さまは？」

「本人は来ねえようです」

「そうだろうな」

幕府の御小納戸頭取の要職にある長門守が、自らこの小体《こてい》な妾宅を訪ねるとは思えなかった。訪ねるくらいなら、およしと松之助を自邸に引き取るだろう。すでに、長門守とおよしとの間に、男女の関係はなくなっているのかもしれない。

「三千石の旗本の妾が住む家にしては、すこし粗末だな」

玄泉が言った。

「どんな暮らしをしているか、近所の者に訊いてみるか」

八九郎は、近所の住人ならおよし母子《おやこ》のことを知っているのではないかと思ったのだ。

「旦那、それならおしげがいいですぜ」

彦六が口をはさんだ。

「おしげとは？」

「通いの女中でさァ」

「どこに住んでいるのか、分かっているのか」

通いの女中なら、およしと松之助の暮らしぶりは、よく知っているはずである。

「へい、大川端にある庄兵衛店《しょうべえだな》に住んでまさァ」

彦六によると、およし母子の住む妾宅を見張り、通いの女中らしき女が出て来たので跡を尾け、塒が分かったという。

「いま、おしげは長屋にいるのか」

「いるはずですぜ。おしげは、昼頃いったん長屋にもどるようでさァ」

おしげの母親が病に臥っていて、様子を見に家へもどるのだという。

「よし、行ってみよう」

八九郎たちは四辻のそばを離れ、大川端に足をむけた。

大川端の通りへ出たところで、

「おれは、駒形町へ行ってみる」

と、玄泉が言い出した。

「駒形町だと？」

「そうだ。四人も雁首をそろえて長屋に行ったら、おしげが驚くだろう。おれは、村野を洗ってみるよ」

玄泉によると、村野は、浅草を出る前まで駒形町にある小磯《こいそ》という小料理屋の常連客だったそうだ。玄泉は、これから駒形町の小磯近くで村野のことを聞き込んでみるという。

「そうしてくれ」

八九郎も、四人で長屋へ行くことはないと思った。

2

「旦那、ここですぜ」

彦六が路地木戸の前で足をとめた。

八百屋の脇にある路地木戸で、その先が庄兵衛店らしい。

「おしげの家も分かっているのか」

「へい」

彦六が先にたって路地木戸をくぐった。

路地木戸を入ったとっつきに井戸があった。井戸端で、長屋の女房らしい女がふたり立ち話をしていた。手桶を提げているところを見ると、水汲みにきてとどまったらしい。

ふたりの女は、路地木戸から入ってきた八九郎たちに訝《いぶか》しそうな目をむけた。牢人ふうの八九郎が入ってきたからであろう。

「お女中、いい陽気だな」

八九郎は笑みを浮かべて声をかけた。笑うと、さわやかな顔付きになる。

すると、ふたりの女は首をすくめるように頭を下げ、顔をなごませた。八九郎のことを悪い男ではないと見てくれたようだ。

「旦那、こっちで」

彦六が井戸端の先の棟に八九郎を連れていった。

「この家ですぜ」

彦六が腰高障子の前に立ち、小声で言った。

障子の向こうで、水を使う音がした。土間の隅にある流し場で洗い物でもしているらしい。

「入ってみよう」

八九郎は腰高障子をあけた。

なかは薄暗かった。土間の先が六畳の座敷になっていた。奥に枕屏風が立ててあり、夜具が延《の》べてあった。だれか寝ているらしい。おそらく、病で臥っているおしげの母親であろう。

土間の隅の流し場で、でっぷり太った女が小桶で何か洗っていた。皿か丼のようである。

女は小桶に手をつっ込んだまま振り返って、八九郎を見た。丸顔で、肌の浅黒い三十がらみと思われる女だった。その顔が、こわばっている。

「だ、だれだい！　あんたたち」

女は向き直り、とがった声で訊いた。

太い大根を思わせるような腕が、かすかに震えていた。驚きと恐怖らしい。無理もない。突然、牢人ふうの男と町人ふたりが家へ入ってきたのである。

「いや、すまん、驚かしたようだ」

八九郎は満面に笑みを浮かべて言った。口元から、皓《しろ》い歯がこぼれている。

「……！」

女は、顔をこわばらせたまま前だれで濡れた手を拭き始めた。

「おしげさんかな」

八九郎がおだやかな声で訊いた。

「そ、そうだよ」

「ちと、訊きたいことがあってな。おしげさんに、迷惑はかけないよ」

八九郎がそう言うと、脇にいた彦六がすばやく巾着を取り出した。

彦六は巾着から一朱銀を取り出すと、

「遠慮はいらねえ、とっときな」

と言って、おしげの手に握らせてやった。袖の下である。

「いいのかい、こんなにいただいて……」

おしげの顔がいくぶんやわらいだ。

「いいんだ。実は、小笠原家のことなんだ」

八九郎が小声で言った。

「小笠原家……」

「そうだ。おしげさんは、およしさまの家で奉公していると聞いたのだがな」

八九郎は、およしさま、と呼んだ。おしげに、貧乏牢人らしく見せようとしたのである。

「ああ、小笠原さまのこと……」

おしげはそう言ったが、まだ顔に不審そうな色があった。牢人らしい八九郎が、なぜ旗本のことなど訊くのか、腑に落ちなかったのだろう。

「おれは、牢人だが腕に覚えがある」

八九郎が、刀の柄を右手でたたきながら言った。

「はァ……」

おしげは怪訝《けげん》な顔をした。八九郎が何を言いたいのか分からないのだろう。

「聞くところによると、小笠原家では家中で揉めているそうではないか」

「…………」

「それでな、おれの腕を役立てて欲しいのだ。……平たくいえば、若党に雇ってもらおうと思っているわけだな。それで、小笠原家の内情が知りたいと思って、こうして長屋を訪ねてきたしだいだ」

八九郎が、まわりくどい言い方をした。

「それなら、駿河台のお屋敷へ行けばいいのに……」

おしげは、まだ腑に落ちないようだった。

「いやいや、そういうわけにはいかん。主家になる屋敷を直接訪ねる前に、様子を聞いておきたいんだ。……聞くところによると、およしさまは長門守さまの側室で、お子もいるそうではないか」

「側室っていうより、お妾さんだね。……それに、ここ四年ほど、殿さまが姿を見せたこともないからね」

おしげによると、長門守が御小納戸頭取の要職に就いたときから、およしの許へ来なくなったという。

「長門守さまは、お忙しい身であられるからな。……それで、ふだん、およしさまとお子の身は、長門守さまの家来がお守りしているのであろうな」

「たまに、様子を見に顔を出すだけですよ」

おしげの顔に不満そうな表情が浮いた。長門守のおよしに対する対応を快く思っていないようだ。

「おしげさん、大きい声では言えないのだがな。小笠原家では、跡継ぎが死んだそうではないか。となれば、小笠原家を継ぐのは、およしさまのお子ではないのか」

八九郎が、急に声をひそめて言った。

「そんな話を聞いたこともあるけどね。およしさまは、松之助さまに小笠原家を継がせる気なんて、まったくないんですよ」

おしげが、八九郎に身を寄せて言った。話に乗ってきたらしく、八九郎に対する警戒心は消えている。

「およしさまには、松之助さまに小笠原家を継がせる気がないのか」

八九郎は驚いたような顔をして訊いた。

「ありませんよ。それより、松之助さまはお体が弱くて……。およしさまは世継ぎより、松之助さまのお体が心配のようですよ」

おしげによると、松之助は赤子のころから虚弱で、いまも風邪をひいて臥っているという。

「うむ……」

八九郎も、林崎から松之助は病弱で小笠原家を継ぐのはむずかしい旨を聞いていた。

……妙だな。

と、八九郎は思った。

およしが、松之助に小笠原家を継がせたいと思っていないとすると、房之助を殺害する理由がなくなる。だれが、小笠原家を継いでもかまわないはずだ。犬山たちに房之助の暗殺を頼んだのは、およしではないのだろうか。

「およしさまは、ご気性の強いお方なのか」

八九郎は、およしがどのような性格なのか知りたかった。負けず嫌いで気性の激しい女でなければ、房之助を亡き者にしてまで小笠原家の跡継ぎの座を得ようとはしないだろう。

「およしさまは、お心のやさしい方で、わたしにもよくしてくれます」

おしげが、しんみりした口調で言った。

「だが、旗本の屋敷に入る気はあるだろう」

八九郎が念を押すように訊いた。

「とんでもない。およしさまは、旗本のお屋敷になど入りたくないと前から言ってました。大工の娘が、武家のお屋敷に入って暮らせるはずがないと何度も口にされてましたから。……松之助さまが生まれた後、殿さまからも何度かお屋敷に入るようお話があったようですけど、およしさまは、嫌だといって断ってたんです」

おしげが、言いつのった。

「うむ……」

どうやら、此度《こたび》の件は、およしが松之助に小笠原家を継がせるために画策したのではないようだ。

「ところで、ご家来が、世継ぎのことでおよしさまに何か言うことはなかったかな」

およしにその気はなくとも、小笠原家の家臣のなかにおよしを説得し、松之助に跡を継がせて、うまい汁を吸おうと考える者がいるかもしれない、と八九郎は思った。

「くわしいことは知りませんけど、ご家来のなかには、お世継ぎのことでおよしさまに何か言ってきた方もいるようですよ」

おしげが、チラッと座敷の方に目をやった。夜具が動き、重い咳《せき》の声が聞こえたのである。

「諏訪町の家には、どんな方が見えられるのだ」

八九郎は、家臣の名を訊いたのだ。

「ときどき見えられるのは、田島峰之助《たじまみねのすけ》さまと黒沢与次郎《くろさわよじろう》さまかな」

そう言って、おしげは座敷へ上がりたいような素振りを見せた。寝ている病人が気になるらしい。

「田島どのと黒沢どのか」

八九郎は、ふたりとも初めて聞く名だった。

「……もういいですか。おっかさんが、病気なもので」

おしげが困惑したような顔をして言った。

「いや、すまなかった。いろいろ、話してもらって助かったよ。ちかいうちに、駿河台のお屋敷へ行ってみよう」

八九郎はそう言い置いて、戸口から外へ出た。

「旦那、どうしやす」

長屋の路地木戸から通りへ出たところで、彦六が訊いた。浜吉は、黙って彦六に跟いてくる。

「今日のところは、これまでだな」

八九郎は、見世物小屋に帰ろうと思った。

3

……この店だな。

玄泉は、駒形堂近くの路地沿いにある小料理屋の店先で足をとめた。戸口の掛け行灯に、小料理、小磯と記されている。

そこは、駒形堂の近くの細い路地だった。縄暖簾を出した飲み屋、小体なそば屋、小料理屋などが目につく裏路地である。

……店に入る前に訊いてみるか。

玄泉は路地の先に目をやった。

三軒先に小体なそば屋があった。玄泉は腹ごしらえもかねて、そば屋で話を訊いてみようと思った。

暖簾をくぐると、土間の先が追い込みの座敷になっていて、客がふたり、そばをたぐっていた。ふたりとも、船頭ふうの男である。

玄泉が座敷の隅に腰を下ろすと、でっぷり太った三十がらみと思われる女が、注文を訊きにきた。そば屋のあるじの女房かもしれない。

女は玄泉の姿を見て、驚いたような顔をしたが、すぐに表情を消して近付いてきた。玄泉の大きな坊主頭を見て、異様な感じがしたのかもしれない。

「蛸坊主《たこぼうず》でも入ってきたと思ったか」

玄泉が、笑いながら言った。

「い、いいえ、見慣れない方だから……」

女が声をつまらせて言った。顔が赤くなっている。

「おまえさん、この店の女将かい」

玄泉が訊いた。

「そうですよ」

「それじゃァ、女将さん、まず、酒と、それからそばを頼むかな」

「すぐ、用意しますから」

女将はそう言い置いて、そそくさと奥の板場にむかった。板場といっても、土間の一角が、板戸で仕切ってあるだけである。

いっとき待つと、女将が銚子と猪口を運んできた。

「旦那、一杯、どうぞ」

女将は銚子を取って、酒をついでくれた。

「女将、ちと、訊きたいことがあるんだがな」

玄泉は猪口で酒を受けながら言った。

「何です？」

「この先に、小磯という小料理屋があるな」

「ええ」

「女将はどんな女だ」

玄泉は酒の入った猪口を口元でとめたまま訊いた。

「どんな女《ひと》か、訊かれてもねえ。名は、おせんさん、粋な年増だね」

「いや、おれは町医者なのだが、患者にな、村野勘兵衛という牢人がいる。その村野が、小磯の女将に惚れているらしくてな。おれに、駒形町へ行ったら、店を覗いてみろ、などと言うのでな。どんな女将なのか、訊いてみたのだ」

玄泉が、もっともらしい作り話をした。

「そう言えば、村野という牢人のことを聞いた覚えがありますよ」

女将は銚子を手にしたまま小声で言った。

「女将は、村野の情婦《いろ》か」

玄泉が急に声をひそめて訊いた。

「あたし、そこまで知らないよ」

女将の口元に卑猥な笑いが浮いた。よからぬことを想像したらしい。

「だが、もう手は切れたろう。村野は浅草から下谷の方にひっ越したそうだからな。

……村野は、ちかごろ駒形町へは行ってないと言ってたよ」

玄泉は、いかにも村野と親しいような口振りで話した。

「あら、そうかしら。一昨日も、村野さまがお侍さまとふたりで、小磯から出て来るのを見ましたよ」

女将が言った。

「侍だと。だれかな」

玄泉は、犬山ではないかと思った。

「大柄なお侍で、有馬さまと呼んでましたよ」

女将によると、村野たちふたりと擦れ違ったとき、村野が大柄な武士に、有馬どの、と声をかけたのを耳にしたという。

「有馬か……」

玄泉は、八九郎と林崎を襲った三人のなかに巨漢の武士がいたと聞いていたが、その武士が有馬ではないかと思った。

そのとき、板場から、お勝《かつ》、お勝、と呼ぶ声が聞こえた。声に苛立ったようなひびきがある。お勝というのは、女将の名であろう。店のあるじが、なかなかもどってこない女将に腹を立てたようだ。

「いま、行きますよ」

女将は声を上げ、急いで玄泉のそばを離れた。

それから玄泉は半刻（一時間）ほど酒を飲み、そばで腹ごしらえをしてから店を出た。

念のために、玄泉は路地沿いにある他の店に立ち寄り、何人かから小磯のことを聞き込んだ。その結果、女将のおせんは村野の情婦らしいことが分かった。それに、いまでも村野は小磯に姿を見せるそうなので、おせんとの関係はつづいているとみていいようだ。

……嵐の旦那の耳に入れておくか。

玄泉は千住街道へ出ると、両国の方へ足をむけた。見世物小屋にもどっているであろう八九郎に、探ったことを報《し》らせておこうと思ったのである。

すでに、陽は西の家並の向こうに沈みかけていた。あと、小半刻（三十分）もすれば、暮れ六ツ（午後六時）の鐘が鳴るだろう。

浅草橋を渡り、両国広小路へ出たとき、石町《こくちょう》の暮れ六ツの鐘がなった。まだ、両国広小路は賑わっていたが、通行人たちは鐘の音に急かされるように急ぎ足で通り過ぎていく。

玄泉は見世物小屋の裏手にまわった。楽屋にいる八九郎に会うためである。

……あいつ、小屋を見張っているのか。

玄泉は、大川の川岸沿いにある床店の陰から、見世物小屋に目をむけている男に目をとめた。棒縞《ぼうじま》の小袖を裾高に尻っ端折りした遊び人ふうの男である。

玄泉が足をとめて、男の方に顔をむけると、男はスッと床店の後ろへ姿を消した。小屋を見張っていたようである。

……犬山の仲間かもしれんな。

玄泉は、うろんな男が見世物小屋を見張っていたことも、八九郎の耳に入れておこうと思った。

4

その日、佐賀町の船甚に、いつもの六人が集まっていた。八九郎、彦六、浜吉、沖山、玄泉、それにおけいである。

八九郎は、玄泉からうろんな町人体の男が、見世物小屋を見張っていたと聞き、彦六に話して、密偵たちを集めたのである。

女将のお峰と女中が酒肴の膳を並べ終えて座敷から出ると、

「ともかく、一献」

そう言って、八九郎が銚子を手にした。

六人は隣に座った者たちと注ぎ合い、いっとき喉を湿らせた後、

「まず、おれから話そう」

と言って、八九郎が切り出した。

八九郎は、おしげから聞いたことを一通り話した後、

「およしは、小笠原家へ入るのを嫌がっているようだ。それに、松之助が小笠原家を継ぐことも望んでいないらしい」

そう言い添えると、

「わたしも、およしの噂を聞いたよ」

と、おけいが口をはさんだ。

おけいは、柳橋の料理屋の女将から聞いた話として、およしは気立てがやさしく、どちらかといえば内気なところがあり、大身の旗本の側室になるのを望むような女ではないと言った。

「やはり、犬山たちに房之助を殺すよう依頼しているのは、およしではないようだ。黒幕は他にいるとみた方がいいな」

と、言い添えた。

「およしでないとすると、だれなんだ。他に、房之助が小笠原家を継いで困る者はお

るまい」

沖山が低い声で訊いた。

「沖山の言うとおりだが……」

八九郎は、いっとき虚空に視線をとめて黙考していたが、

「おれたちは初めから、およしが松之助に小笠原家を継がせるために、犬山たちに依頼して房之助を亡き者にしようとしていると決めつけていた。だが、考えてみると、まだ、五歳の幼児でしかも病弱の子を跡継ぎに決めるというのは、無理がある。松之助を跡継ぎに決めるなら、せめて元服を待ってからだろう」

「そうだな」

沖山もうなずいた。

「もうすこし、小笠原家を探ってみねばならんな」

八九郎が言った。

「嵐の旦那、小笠原家を探るのもいいが、房之助どのを殺そうとしているやつらが分かってるんだ。そいつらを締め上げたらどうだ」

そう言って、玄泉が、犬山、政造、村野の名をあげた。そして、一同に視線をめぐらしながら、

「もうひとり、嵐の旦那たちを襲った図体のでけえやつの名も分かったぜ」

と、口元に薄笑いを浮かべて言った。

「だれだ」

八九郎が身を乗り出すようにして訊いた。

「有馬という名らしい」

玄泉がそう言うと、

「有馬稲三郎か！」

と、沖山が声を上げた。

「沖山、有馬という男を知っているのか」

八九郎が沖山に顔をむけて訊いた。座敷に集まった者たちの目も、沖山にそそがれている。

「知っているというわけではない。噂を聞いたことがあるだけだ。それも、もう五年ほども前になる」

沖山によると、有馬は御家人の冷や飯食いだが、一刀流の遣い手で、同門の者たちから、いずれ剣名を謳われるような達人になるだろうと噂されていたという。

「有馬が修行したのは、神田三河町の柳田《やなぎだ》道場だが、酒に酔った勢いで師範代の郡司《ぐんじ》平兵衛《へいべえ》という男を斬り、破門されたそうだ。……その後のことは、おれも知らぬ」

柳田道場の主は、柳田牧左衛門《まきざえもん》。一刀流の浅利又七郎《あさりまたしちろう》の道場の門弟だったという。

その後、独立して三河町に一刀流の町道場をひらいたそうだ。

「有馬という男、巨漢か」

八九郎が訊いた。

「巨漢で、剣捌きも達者だが、長刀をふりまわすそうだ」

「そいつだな」

八九郎は、大川端で犬山たちと襲ってきたのは有馬だと確信した。どうやら、一刀流を遣うらしい。ただ、一刀流に横霧なる刀法はないはずである。おそらく、有馬が独自に工夫したものであろう。

「それで、有馬の屋敷は分かるのか」

八九郎が沖山に訊いた。

「分からん。それに、いまは屋敷を出ているのではないかな」

「そうかもしれんな」

御家人の冷や飯食いでは、いつまでも有馬家の屋敷にいられないだろう。

「有馬は、おれが探ってみよう」

沖山が言った。

沖山は、柳田道場からたぐれば、有馬の塒がつきとめられるのではないかと踏んだようである。

「頼む」

八九郎は、有馬の探索を沖山にまかせようと思った。

次に口をひらく者がなく座はいっとき静まったが、八九郎が一同に視線をまわして、

「ここに集まってもらったのは、これまで探ったことを確認するためだが、実は、おれから新たな頼みがあるのだ」

と、声をあらためて言った。

「なんです、頼みってえのは」

彦六が訊いた。沖山や玄泉たちの視線も八九郎に集まっている。

「玄泉から聞いたのだが、うろんな男が見世物小屋を窺《うかが》っていたそうだ。……犬山たちの手先にちがいない」

「旦那たちの動きを探ってるのかもしれないよ」

おけいが、口をはさんだ。

「ちがうな。おれの動きを探るなら、小屋から出たとき跡を尾けるはずだが、それらしい様子はない。そいつは、おれでなく小屋を見張っていたようなのだ」

「やつら、房之助さまが小屋にいるのを気付いたんじゃァねえのか」

彦六が声を大きくした。

「そうみた方がいい。……見張っているだけならかまわんが、やつらの狙いは房之助どのの命を奪うことだ」

「犬山たちは小屋を襲う気か！」

玄泉が目を剝《む》いて言った。

「おれは、そうみている。そこで、みんなの手を借りたい」

八九郎はそこで言葉を切り、声をあらためて言った。

「小屋がはねるころから一刻（二時間）ほど、小屋にいてもらいたいのだ。ここ四、五日だけでいい」

八九郎は犬山たちが小屋を襲撃するとなると、小屋がはねた後の夕暮れ時だろうとみていた。日中、両国広小路は絶え間なく通行人が行き交い、寅次一座の小屋にも見物客が大勢入っている。そうした状況のなかで、小屋を襲撃するのはむずかしいはずだ。また、夜中も無理である。見世物小屋は火事を恐れることから、小屋のなかに灯火はまったくなかった。漆黒の闇のなかに踏み込んでも、だれがだれだか分からないはずだ。房之助を斬るどころか、仲間内の同士討ちになるだろう。

早朝もだめである。広小路の朝は早く、暗いうちから朝の早いぼてふりや出職の職人などが通りかかり、東の空が明らんでくるころには結構人影が多くなるのだ。そうしたことを考えれば、襲撃は夕暮れ時であろう。

それに、犬山の手の者が小屋を見張っていたとすれば、そう間を置かずに仕掛けてくるはずだった。犬山たちにすれば、一日でも早く房之助を始末したいはずである。

「嵐の旦那、犬山たちに襲撃されるのが分かっているなら、房之助さまをどこかに隠したらどうです」

おけいが言った。

「いや、襲撃されるとみているからこそ、みんなの力を借りたいのだ。……いつまでも、犬山たちの手から逃れるだけでは、埒《らち》が明かないからな」

「返り討ちにする策か！」

彦六が声を上げた。

「そうだ。小屋で待ち構えて、犬山たちを返り討ちにしてやるのだ」

「おもしろい」

沖山が低い声で言った。

「そこでな、みんなは大山たちの見張りが気付かぬように、夕暮れ時に小屋に集まってくれ」

「どうするんです？」

おけいが訊いた。

「小屋がはねる前に客のふりをして入り、そのまま小屋に残ればいい。一座の者には話しておく」

むずかしいことではなかった。客席から楽屋に移ればいいのである。

「そいつはいい」

彦六が言うと、他の者たちも目をひからせてうなずいた。

5

「そろそろ、来るはずだがな」

八九郎は、楽屋を区切っている垂らした莫蓙の間から外を見ていた。

小屋の裏手は、淡い暮色に染まっていた。人影はほとんどなく、大川端に並んだ床店は店仕舞いし、ひっそりと夕闇につつまれている。

「敵はどれほどとみている」

林崎が訊いた。

林崎のそばに、倉田佐之助が立っていた。犬山たちの襲撃にそなえ、倉田も小屋に身をひそめていたのである。

八九郎は、林崎にも近いうちに犬山たちの襲撃があることを伝え、仲間たちと返り討ちにする策を話してあった。

林崎は客を装って小屋に残った者たちを見て驚いたが、いずれも八九郎の密偵らしいことを知ったらしく、問い質《ただ》そうとはしなかった。

「まず、犬山、村野、それに有馬だな」

八九郎は、有馬のことも林崎に話してあった。

「それだけならいいが」

林崎の顔に憂慮の翳《かげ》が浮いていた。

「他にも、犬山たちにくわわるとみているのか」

「はっきりしないが、犬山の他にも小笠原家の家臣がくわわるような気がするのだ」

「小笠原家の家臣のだれがくわわっているか分かれば、犬山たちを動かしている黒幕も知れるのではないか」

八九郎から、およしには松之助に小笠原家を継がせる気のないことを林崎にも話してあった。

「そうかもしれん。だが、房之助さまを討たれたら何にもならぬ」

林崎は、眉宇を寄せて言った。

「懸念することはない。おれの手の者は、頼りになる。犬山たちに房之助どのが討たれるようなことはないはずだ」

すでに、沖山、玄泉、彦六、浜吉、おけいの五人が小屋に入り、房之助を守るためにそれぞれ配置についていた。それに、八九郎は、敵が小屋に押し入ってきても、房之助に手を出せないよう特別な策をたてていた。それは、八九郎と密偵たち、それに寅次一座の数人しか知らないことだった。

「林崎、それより、犬山や有馬たちを小屋に入れないように外で闘ってくれ。小屋に入られると、座員たちが傷付き、小屋が荒らされるからな。……そうなっては、一座の用心棒としてのおれの顔がたたぬ」

座頭の寅次には、小屋の外で闘うと話してあったのだ。

「承知した。おれも房之助さまも、小屋の者たちの世話になっているのだ。これ以上、迷惑はかけられぬ」

林崎が言った。脇に立っている倉田も、けわしい顔でうなずいた。

それからいっときが過ぎた。辺りの夕闇はさらに濃くなってきた。人影は見られなくなり、川岸に並ぶ床店も、夕闇につつまれて黒ずんできた。

そのとき、舞台の隅から見張っていた彦六が、莨蓙を撥《は》ね上げ、八九郎に走り寄ってきた。

「嵐の旦那、きやしたぜ！」

彦六が昂《たかぶ》った声で言った。

見ると、川岸に並んだ床店の前にいくつかの人影が見えた。小屋の方に小走りにむかってくる。武士らしく二刀を帯びているのが見てとれた。

「七人だ！」

彦六が声をかけた。

武士が五人、町人体の男がふたりいた。ひとりは政造らしい。五人の武士のなかに、巨軀と長身の男がいた。有馬と犬山であろう。

「迎え撃つ！　彦六、舞台にいる者たちに知らせろ」

八九郎が声を上げた。

……闘える！

と、八九郎は踏んだ。沖山と林崎は遣い手だった。倉田もそこその腕である。

敵は七人だが、武士は五人である。それに、敵は二手に分かれるだろう。小屋へも踏み込もうとするはずなのだ。あらたにくわわったふたりの腕のほどは分からないが、互角に闘えるはずである。

「合点だ！」

彦六が舞台に走った。

舞台に、房之助を守るために玄泉や小屋の男の座員たちが集まっていたのだ。もっとも、座員たちは怪我をしないように敵が押し入ってきたら逃げるよう話してあった。

「行くぞ！」

八九郎が声を上げ、垂れている莫蓙を撥ね上げて外へ飛び出した。

林崎、倉田、それにすこし離れた場所にいた沖山がつづいた。四人は、近付いてくる七人にむかって疾走した。

「嵐たちだ！」

先頭にいた犬山が叫んだ。

五人の武士のうち、ふたりが黒頭巾で顔を隠していた。他の三人は、犬山、村野、有馬である。

「三人で、小屋へ押し込め！」

犬山が指示した。

すると、覆面をしていたひとりの武士と町人体のふたりが、八九郎たちを避けて大きく迂回《うかい》し、小屋の方へ走った。武士は黒沢与次郎である。おそらく、小屋の外で闘いになった場合、三人で小屋へ侵入する手筈《てはず》をたてていたのだろう。

ふたりの町人体の男は、政造と伊勢吉だった。八九郎たちは、まだ黒沢と伊勢吉のことは知らない。

残ったのは犬山、村野、有馬、それに覆面の武士がひとりである。覆面の武士は痩《そう》身《しん》ですこし猫背だった。その四人に対するのは、八九郎、沖山、林崎、倉田である。

四対四。八人の武士が抜刀して相対した。

八九郎は有馬と対峙した。横霧を破る自信はなかったが、いずれ有馬と決着をつけるつもりでいたのである。

沖山は犬山と相対した。林崎は村野。倉田は頭巾をかぶって顔を隠した武士に立ち向かっていた。

八人の手にした刀身が、夕闇のなかに銀蛇のようにひかっている。

「嵐、今日は川へ逃れられぬぞ」

有馬が口元に薄笑いを浮かべて言った。

八九郎にむけられた双眸が、獲物を見すえている猛獣のように夜陰のなかで底びかりしている。

「逃げはせぬ」

八九郎は青眼に構え、切っ先を有馬の目線につけた。

対する有馬は切っ先を横にむけ、刀身を水平に寝せた。横一文字に払う横霧の構えである。

ふたりの間合はおよそ三間半。まだ、斬撃の間境からは遠かった。

「いくぞ！　嵐」

有馬が趾《あしゆび》を這うようにさせて間合をつめ始めた。

6

キャッ！　という悲鳴が上がった。

楽屋にいた女軽業師たち数人が、身を寄せ合って身を顫わせている。夕闇のなかに、女たちの白い顔と派手な衣装が、ぼんやりと浮き上がったように見えていた。

「おい！　房之助という若侍がいるだろう」

政造が恫喝するような声で訊いた。

いっしょに小屋へ踏み込んできた頭巾をかぶった武士と伊勢吉が、垂れ下がった莫蓙や筵《むしろ》を撥ね上げて、仕切られた別の部屋を覗いている。

「ぶ、舞台に……」

答えたのは、お京だった。そう答えるよう八九郎に指示されていたのである。

このとき、寅次をはじめ他の男の座員たちは、敵が侵入したことを察知して客席の隅の暗がりに身を隠していた。

「よし、舞台だ」

政造が声を上げ、莫蓙や筵を撥ね上げながら舞台にむかった。

舞台の隅には、三人の男がいた。玄泉、彦六、それに軽業師の衣装に身をつつんだ若い男である。

若い男は浜吉だった。浜吉は若く、しかも顔付きが房之助に似ていたので、房之助の身代わりになったのである。暗がりで、しかも軽業師の衣装に身をつつんでおり、房之助を知っている者でも見抜けないはずだった。

これが、八九郎のたてた策だった。いざとなったら、浜吉が正体をあらわし、房之助は小屋にいないと思い込ませるのである。

政造ら三人が、ドカドカと舞台に踏み込んできた。薄暗い舞台に、三人の男の黒い輪郭が浮かび上がった。

「いたぞ！」

政造が声を上げた。

すると、玄泉が浜吉の前にかばうように立ち、

「房之助さまを守れ！」

と、大声で言った。

玄泉は、手に六尺ほどの棒を持っていた。小屋のなかで、見つけたらしい。それを振りまわすつもりなのだろう。玄泉の大きな坊主頭が暗がりでにぶくひかり、目玉が底びかりしている。

すかさず、玄泉の脇に立っていた彦六が、ふところから匕首を抜き、

「房之助さまに、指一本触れさせせねえ！」

と叫んだ。

彦六と玄泉が、房之助の名を口にしたのは、政造たちに浜吉を房之助と思い込ませるためである。

「黒沢さま、こいつらも殺《や》っちまいやしょう」

言いざま、政造がふところから匕首を抜いた。

この武士が、黒沢与次郎であった。彦六と浜吉は八九郎といっしょに、おしげから黒沢与次郎の名を聞いていたが、このときは覆面の武士とつなげてみなかった。

「やむをえぬ」

黒沢が抜刀した。すると、伊勢吉もふところから匕首を取り出した。

「歯向かえば命はないぞ」

黒沢が低い八相に構えて、玄泉に身を寄せてきた。刀身が薄闇のなかで銀蛇のようにひかっている。

政造と伊勢吉も腰を低くし、匕首を胸のあたりに構えて近付いてきた。

「や、やろう!」

玄泉は手にした棒を振り上げたが、腰が引けていた。大柄で力はあったが、刀を手にした武士と闘えるほどの腕ではなかった。

彦六も匕首を手にしたまま後じさりし始めた。政造と伊勢吉相手では、勝ち目がないのである。

玄泉と黒沢との間がつまったとき、

「浜吉、芝居はここまでだ！」

と、玄泉が大声を上げた。

すると、浜吉がふところから匕首を取り出して構え、

「てめえら、おれたちの打った芝居にひっかかりァがったな。おれは房之助なんかじゃァねえ。よォく、この顔を見てみな」

と、顔を突き出すようにして言った。

「だれだ、てめえは！」

政造が怒声を上げた。

すぐに、房之助ではないと気付いたようだ。

「は、浜吉たァ、おれのことよ」

浜吉が見得を切るような口振りで言ったが、興奮して声が喉につまった。

「おのれ、われらを謀《たばか》ったな！」

黒沢の声が怒りで震えた。

「ここは、見世物小屋の舞台だ。一芝居打つには、これ以上の場所はねえぜ」

玄泉がニタリと笑った。

「房之助は、どこにいる」

黒沢が憤怒《ふんぬ》に顔をゆがめて訊いた。

「おめえたちが、小屋を見張っていると気付いたんでな。……林崎の旦那が、別の場所に隠したらしいぜ」

彦六が言った。林崎の名を出したのも、黒沢たちを信じこませるためだった。

このとき、房之助は小屋のなかにいた。女装して、女軽業師たちのなかに紛《まぎ》れていたのである。

「ちきしょう！　てめえたち、命はねえぞ」

政造が匕首を手にして飛びかかろうとすると、

「待て、政造」

黒沢がとめた。

「これは罠だ。おれたちを返り討ちにする気で、罠を張っていたのだ。ここは、引くしかない」

言いざま、黒沢はきびすを返した。

「覚えてやがれ！　この借りは返《けえ》すぜ」

捨て台詞を残して、政造が舞台から走り出た。伊勢吉も、後につづいて舞台を飛び出した。

「一昨日《おととい》来やがれ！」

浜吉が、勝ち誇ったように声を上げた。

7

八九郎と有馬の勝負は、まだ決していなかった。ふたりは、およそ三間半の間合をとって対峙している。

八九郎の着物の左の肩先が裂け、あらわになった肌に血の色が浮いていた。すでに、ふたりは一合《いちごう》し、八九郎は有馬の横霧の切っ先を肩先にあびたのである。ただ、深手ではなかった。浅く皮肉を裂かれただけだった。

八九郎は、有馬の首への斬撃を咄嗟に身を引いてかわしたが、わずかに間に合わなかったのだ。

「次は、首を落とす」

有馬が低い声で言った。口元に薄笑いが浮いたが、双眸は炯々《けいけい》とひかっている。顔が怒張したように赭黒く染まり、鬼のような面構えだった。

……横霧はかわせぬ！

と、八九郎は察知した。

横霧の太刀筋は分かっていた。初太刀は刀身を水平に構え、そのまま胴を払う。そして、刀身を返しざま二の太刀で首を払ってくるのだ。その初太刀から二の太刀への変化が神速だった。一太刀のように、連続してくる。

……二の太刀をふるわせぬことだ。

八九郎は、それしか勝機はないと踏んだ。有馬が胴を払ってくる初太刀に勝負を賭けるのである。

八九郎は、青眼から低い八相に構えなおした。そのまま、有馬の初太刀に合わせて斬り込もうとしたのだ。うまくいって相打ちだが、すくなくとも有馬の二の太刀を防ぐことはできる。

「八相か」

有馬は低くつぶやいただけで、表情も変えなかった。

有馬が趾《あしゆび》を這うようにさせて、ジリジリと間合をせばめてきた。

対する八九郎は、動かなかった。気を鎮め、有馬の斬撃の起こりをとらえようとしていた。

そのとき、沖山は犬山と対峙していた。犬山の顔に血の色があった。沖山の切っ先が、頰を浅くえぐったようである。半顔が血に染まっていたが、命にかかわるような傷ではない。

犬山の顔はひき攣《つ》っていた。気の昂りと恐怖である。

一方、沖山の顔は無表情だった。低い下段に構え、ゆったりと立っている。

犬山は青眼に構え、すこしずつ後じさりしていた。沖山の威圧に押されているのである。

「う、うぬは、何者だ」

犬山が声を震わせて誰何した。

「一座の用心棒だ」

「嵐と同じ穴の貉《むじな》か」

「そうだ。……ところで、おぬしたちの黒幕は、だれだ」

沖山が訊いた。

「し、知らぬ」

犬山の踵が、店仕舞いした床店にせまっていた。店の者はおらず、店のまわりを葦《よし》簀《ず》でかこってある。

犬山は、それ以上下がれなかった。

そのとき、見世物小屋から黒沢たち三人が飛び出してきた。

「罠だ！　小屋に、房之助はいねえ」

政造が叫び、

「おれたちを返り討ちにするつもりだ！」

黒沢が、つづいて声を上げた。

ふたりの声がひびいたとき、一瞬、沖山が視線を政造に投げた。

その一瞬の隙を犬山がとらえた。脇へ跳んで沖山との間合を取ると、きびすを返して走りだした。

「引け！　この場は引け」

逃げながら、犬山が叫んだ。

沖山は犬山を追わなかった。犬山の逃げ足が速かったこともあるが、八九郎が有馬を相手に苦戦しているとみていたからである。

だが、その有馬も八九郎と間合を取り、反転して逃げるところだった。八九郎の着物の肩先が裂けて血の色があったが、たいした傷ではないようだ。

沖山は林崎と倉田に目を転じた。

ふたりとも無事だったが、林崎の二の腕が血に染まっていた。村野に斬られたらしい。その村野が左足を引き摺《ず》るようにして、逃げようとしていた。左の太腿を斬られたようだ。おそらく、村野も林崎の斬撃を太腿にあびたのだ。袴が裂けて、血に染まっている。

「逃がさぬ！」

沖山が、すばやく村野の前にまわり込んだ。

村野の顔が奇妙にゆがんだ。興奮と恐怖である。村野は沖山に切っ先をむけられ、逃げられぬと察知したようだ。

「お、おのれ！」

村野は目をつり上げ、歯をむき出した。そして、手にした刀を八相に構えた。

夜陰のなかで、村野の顔が威嚇《いかく》する猿のように見えた。

沖山は村野の前に立って青眼に構えた。切っ先をピタリと村野の目線につけている。

村野の後ろから、林崎と八九郎が近付いてきた。

その気配を察したらしく、村野が、
イヤアッ!

突如、甲走った気合を発して斬り込んできた。

八相から袈裟へ。

捨て身の斬撃だったが、鋭さと迅《はや》さが足りなかった。太腿の傷と興奮で、体が硬くなったためである。

スッ、と沖山が右手へ踏み込みざま、刀身を横に払った。払い胴である。

ドスッ、というにぶい音がし、村野の上体が前にかしいだ。沖山の一撃が、村野の胴を深くえぐったのだ。

村野は足をとめ、低い呻き声を上げてつっ立った。腹部から臓腑が溢れ出、裂けた着物に血が染みていく。

村野は逃れようとして歩み出したが、がっくりと両膝を折り、腹を押さえてその場にうずくまった。

「村野、うぬに房之助さまを殺すよう頼んだのは、だれだ」

林崎が、村野に身を寄せて訊いた。

だが、村野は苦しげな呻き声を洩らしているだけで、答えなかった。

「村野、うぬらの黒幕はだれだ！」

林崎がさらに声を上げたとき、村野は倒れるように地面につっ伏した。

村野は腹這いになり、なおも呻き声を洩して四肢を動かしていたが、いっときすると呻き声が聞こえなくなった。四肢の動きもとまっている。絶命したようだ。

「討ちとったのはひとりか」

沖山が、横たわっている村野に目をやりながらつぶやいた。

「林崎、傷を負ったのか」

八九郎が林崎の二の腕に目をやって訊いた。

「かすり傷だ。おぬしは？」

林崎も、八九郎の左の肩先に血の色があるのを見たのである。

「おれも、かすり傷だ」

八九郎は、左肩をまわして見せた。にぶい痛みがまだあったが、出血はわずかである。

そこへ、小屋から玄泉、彦六、浜吉の三人が駆けつけてきた。

「どうだ、首尾は」

八九郎が訊いた。

「手筈どおり、一杯食わしてやりましたぜ」

彦六が言うと、浜吉と玄泉が満足そうな顔をしてうなずいた。

「上々だな」

討ち取ったのは村野ひとりだが、味方は全員無事だった。八九郎と林崎がかすり傷を負っただけである。それに、これで房之助を安心して小屋に匿っておける。犬山たちは、房之助は小屋から別の場所に移されたと思い込んだはずだ。

「嵐の旦那、小屋に入ってきた侍の名が分かりやしたぜ」

彦六が目をひからせて言った。

「ほう、なんという名だ」

「政造が、黒沢と呼んでやした」

彦六が、舞台で耳にしたことをかいつまんで話した。

それを聞いた林崎が、

「黒沢与次郎かもしれん」

と、けわしい顔をして言った。

「黒沢与次郎だと。その名は、おれも聞いているぞ」

八九郎は、およしの家に通いで女中奉公しているおしげが、黒沢与次郎と田島峰之助という武士が、およしの家にときどき来ていたと話していたことを伝えた。

「それで、おぬし、黒沢という男を知っているのか」

八九郎があらためて林崎に訊いた。

「黒沢与次郎は、小笠原家の家臣のひとりだ」

「小笠原家の家臣でも、長門守さまの命でおよしの家に行ったのではないな」

房之助の命を狙ったことからみて、房之助の跡継ぎを阻止しようとする黒幕に与《くみ》していているとみていい。

「黒沢も、犬山とつうじていたのか」

林崎がけわしい顔をして言った。

「それで、田島峰之助は？」

「田島という男は知らぬ。……小笠原家に仕えている者ではないかもしれん」

「妙だな」

田島が小笠原家の家臣でないとすると、何者であろうか。

「いずれにしろ、黒沢の身辺を洗ってみよう」

林崎が低い声で言った。

第四章　黒幕

1

「あれが、小笠原家の屋敷だ」

林崎が路傍に立って指差した。

一町ほど先に、門番所付の豪壮な長屋門が見えた。門の両側には、白壁と海鼠壁《なまこかべ》の長屋がつづいている。禄三千石の大身の旗本にふさわしい門構えである。門の内側には、屋敷の屋根の甍《いらか》が幾重にも重なって見えていた。

「立派な屋敷だ」

八九郎は屋敷に目をやって言った。

八九郎と林崎は、駿河台にある小笠原家の屋敷の近くに来ていた。

寅次一座の小屋に犬山一味が押し入った三日後である。

八九郎は、黒沢たちが押し入った夜、あらためて林崎に黒沢のことを訊くと、

「黒沢は、長門守さまの奥方の滝江さま付の家臣といってもいいのだ」

と、答えた。

「どういうことだ」

「滝江さまは、本郷にお屋敷のある内村益右衛門《うちむらますえもん》さまの次女であられ、十七、八年前に小笠原家に輿入れされたと聞いている。輿入れのさい、滝江さまに従ってきたのが黒沢で、黒沢はそのまま小笠原家の家臣として奉公するようになったらしいのだ」

「奥方は、内村家の出か」

内村家は二千石の旗本だった。大身の旗本だが、いまは非役で小普請《こぶしん》のはずである。

「ただ、内村家の御当主は代られ、いまは滝江さまの兄の内村嘉之助《よしのすけ》さまが、御当主のはずだ」

林崎が言い添えた。

「いずれにしろ、黒沢が気になるな」

八九郎は、黒沢が犬山たちの黒幕とは思わなかったが、黒幕とつながっているので

はないかと推測した。

「おれも、黒沢が気になる。黒沢の身辺を探ってみるつもりだ」

林崎が言った。

「探るといっても、いまのところ黒沢を尾行するしか手はないぞ」

「ならば、黒沢を尾行してみよう」

そうしたやり取りがあって、八九郎は林崎とふたりで小笠原家の屋敷へ足を運んできたのである。

「黒沢は出てくるかな」

八九郎が、長屋門に目をむけながら言った。

「今日、出てくるかどうか分からないが、二、三日、張り込めば、姿を見せるはずだ」

すでに、昨日、林崎は小笠原家まで足を運び、門番に袖の下を握らせて、黒沢の動向を聞き込んでいたのだ。

門番によると、黒沢は三日に一度ほど、八ツ（午後二時）を過ぎてから、屋敷を出るという。

「そろそろ、八ツだな」

陽は、南天から西の空にまわり始めていた。地面に落ちた八九郎と林崎の影が、すこし長くなっている。

「ここに立って見張るわけにはいかんな」

林崎が通りに目をやった。路傍につっ立っていたのでは、通行人が不審がるし、屋敷を出てきた黒沢が気付くだろう。

「あの稲荷はどうだ」

八九郎が指差した。

半町ほど先の通り沿いに稲荷があった。赤い鳥居と稲荷の祠《ほこら》をかこっている深緑の杜《もり》が見える。

「あそこなら、陽射しも遮《さえぎ》れるな」

ふたりは、稲荷に足を運んだ。

鳥居をくぐり、祠をかこった樫《かし》の葉叢《はむら》の間から、小笠原家の門に目をむけた。この場からなら、通行人に怪しまれずに見張りができそうだ。

その日、八九郎と林崎は七ツ半（午後五時）ごろまで見張ったが、黒沢は姿を見せなかった。

「明日だな」

八九郎は、そう都合よく黒沢を尾行できるとは思わなかった。

翌日、ふたりは八ツすこし前に稲荷の境内に来て、小笠原家の門を見張り始めた。

今日は、曇天だった。そのせいもあって、杜にかこまれた境内は薄暗かった。そよという風もなく、辺りは静寂につつまれている。

八九郎たちが、その場で見張りを始めて小半刻（三十分）ほど経ったときだった。長屋門のくぐりから、人影があらわれた。羽織袴姿の武士である。

「黒沢だ！」

林崎が声を殺して言った。

黒沢は、八九郎たちが身をひそめている稲荷の方へ近付いてきた。そして、稲荷の鳥居の前を足早に通り過ぎた。

黒沢は神田川沿いの通りの方へむかっていく。

「尾けよう」

八九郎と林崎は黒沢が半町ほど遠ざかったところで、稲荷の境内から通りに出た。

そこは、武家屋敷のつづく通りだった。八九郎たちは、武家屋敷の築地塀や通り沿いの樹陰などに身を隠しながら黒沢を尾けていく。

神田川沿いの通りへ出た黒沢は、川下へむかって歩きだした。前方に神田川にかかる昌平橋が見えている。

黒沢は昌平橋を渡って湯島へ出た。そして、神田川沿いの通りを川上にむかってい
っとき歩いた後、湯島の聖堂（昌平坂学問所）の裏手を通って本郷へ足をむけた。

「内村家の屋敷へ行くのではないか」

八九郎が訊いた。

「そのようだ」

ふたりは半町ほど間をとり、黒沢の跡を尾けていく。

前方右手に加賀百万石、前田家の上屋敷が見えてくると、黒沢は左手の路地へ入っ
ていった。

「まちがいない。黒沢は内村家へ行くようだ」

林崎によると、黒沢が入った路地の一町ほど先に内村家の屋敷があるという。

内村家も、二千石の旗本にふさわしい堅牢な長屋門を構えていた。八九郎と林崎
は、黒沢が内村家の屋敷に入ったのを確認して足をとめた。

「どうする」

林崎が訊いた。

「せっかくここまで、尾けてきたのだ。出てくるのを待とう」

八九郎は、黒沢がだれかを連れて出てくるのではないかと思ったのだ。

「どこで、見張るかな」

八九郎は通りに目をやった。

稲荷のような身を隠す適所はなかった。通り沿いに、大小の旗本屋敷がつづいている。

「あそこしかないな」

築地塀でかこわれた旗本屋敷の間に狭い空き地があり、笹が茂っていた。その笹藪《ささやぶ》の陰へまわれば、身を隠すことができそうだ。

「いいだろう」

ふたりは、笹藪の陰へまわった。

そこは腰を下ろすような場所もなかったので、立っているしかなかった。

ふたりが笹藪の陰に身を隠して、半刻（一時間）も過ぎただろうか。内村家の屋敷の長屋門のくぐりから人影があらわれた。

「出てきたぞ」

林崎が言った。

「ふたりだ」

黒沢につづいて、もうひとりの武士が出てきた。瘦身で、すこし猫背である。

「おい、あの男、小屋を襲ったひとりではないか」

八九郎は、犬山たちといっしょにいた覆面の武士の体軀に似ていると思った。

「そのようだ」

林崎も、覆面の武士と思ったようだ。

黒沢と瘦身の武士は、長屋門の前に立ったまま何やら言葉をかわしていた。

「あの男が、田島峰之助ではないかな」

根拠はなかったが、八九郎はそんな気がした。

「名は分からぬが、内村家の家臣であることはまちがいない」

「房之助を亡き者にしようとする陰謀に、内村家もかかわっているようだぞ」

小笠原家の奥方の滝江に仕える黒沢と内村家の家臣が、犬山たちとともに房之助の命を狙って小屋を襲ったのである。内村家も、房之助の命を狙う一味に荷担しているとみていいだろう。

「黒幕は滝江さまかもしれぬ」

林崎が小声で言った。

「うむ……」

八九郎も、同じことを思った。

滝江は、房之助に小笠原家を継がれては困るのである。いずれ、房之助が当主となり、妻《めと》を娶ることになれば、滝江は屋敷内に居づらくなるのだ。

「滝江さまは、娘の琴江さまに婿をもらい、小笠原家を継がせたいと、長門守さまに訴えられたと聞いたことがある。その話は済んでいると思っていたが、滝江さまはいまでも、そう思っているのかもしれん。それで、実家であり兄でもある内村家の手を借りて、ひそかに房之助さまを亡き者にせんと画策しているのではあるまいか」

林崎が顔をこわばらせて言った。

「それで、筋はとおるな」

八九郎は、犬山たちをあやつっている黒幕の姿が見えてきたような気がした。ただ、小屋を襲撃したときの様子からして、田島と黒沢が犬山たちに指図していたとは思えなかった。かといって、滝江や内村家の当主の内村嘉之助が犬山たちに直接会って、あれこれ指図することもないだろう。とすると、他に犬山たちに指図している者がいるのかもしれない。

そのとき、黒沢と話していた痩身の武士は、きびすを返し、そのままくぐりから屋敷内にもどってしまった。なにやら伝え忘れたことがあって、門の外で話していたらしい。

ひとりになった黒沢は、来た道をもどり始めた。おそらく、駿河台にある小笠原家へ帰るのだろう。

「おれたちも、小屋に帰るか」

黒沢の姿が遠ざかってから、八九郎と林崎は、笹藪の陰から通りに出た。

2

翌朝、八九郎と林崎は浅草諏訪町へ出かけた。ここまで来たら、直接およしに会って、黒沢と田島が何のためにおよしの家を訪ねたのか、訊いてみようと思ったのである。それに、八九郎は自分の目でおよしと松之助の暮らしぶりを見てみたいと思った。

八九郎は、仕立のいい小袖と袴を長持から出して身に着けてきた。頭は総髪のままだったが、むさい牢人の格好では、およしが警戒して話してくれないのではないかと思ったからである。

「林崎、おぬしは小笠原家の使いということにしてくれ」

千住街道を歩きながら八九郎が言った。

「分かった。それで、おぬしの役割は？」

林崎が訊いた。

「若党だな」

総髪の若党はいないだろうが、およしは町人の娘である。深くは詮索しないだろう。それに、おしげがいても、若党なら不審をいだかないはずだ。小笠原家に奉公できたと思うはずである。

そんなやり取りをしながら、ふたりはおよしの家のある四辻まで来た。

「あれが、およし母子《おやこ》の住む家だ」

八九郎が、板塀をめぐらせた仕舞屋を指差した。

「粗末な家だな」

林崎も、妾宅とはいえ長門守の子供の住む家にしては、粗末な家だと感じたようだ。

ふたりは路地に面した枝折り戸をおして、戸口に立った。

八九郎が引き戸に手をかけると簡単にあいた。

土間の先に狭い板敷きの間があり、その先が座敷になっているらしく、障子が立ててあった。近くに人のいる気配がなかった。

「どなたか、おられぬか」

八九郎が声をかけた。

すると、障子を立てた座敷のさらに奥で、「だれか、来たようですよ」と女の声がし、つづいて、「あたしが出ます」と別の女の声がした。どこかで聞いたような声だった。おしげらしい。

正面の障子があいて、肌の浅黒い丸顔の女が顔を出した。おしげである。

おしげは、土間に立っているふたりの武士を見て驚いたような顔をしたが、八九郎の顔を思い出したらしく、

「あら、あのときの旦那」

と、声を上げた。

「おしげ、お蔭で、小笠原家にご奉公することになったよ」

八九郎が笑みを浮かべて言った。

「よかったですねえ。……それで、そちらのお方は？」

おしげは、林崎に顔をむけて訊いた。

「今度、小笠原家のご用人になられた近松重太郎《ちかまつじゆうたろう》さまだ」

八九郎は適当な偽名を口にした。林崎も、本名を隠しておきたいはずなのだ。

「近松でござる」

林崎が、八九郎に合わせて名乗った。

「それで、何かご用でしょうか」

おしげが、緊張した面持ちで訊いた。

「それがし、およしさまにお伝えしたいことがあり、小笠原家からまいったのだ。およしさまに、その旨をお伝え願いたいが」

林崎が権高《けんだか》に言った。

「お、おまちください」

おしげは慌てた様子で立ち上がり、すぐに奥へむかった。

待つまでもなく、おしげが色白のほっそりした女を連れてもどってきた。およしらしい。およしは、端整な顔立ちの女だった。若妻らしく眉を剃り、鉄漿《かね》をつけていた。子持縞《こもちじま》の小袖に、地味な茶の帯をしめている。大身の旗本の妾らしい派手さはまったくなかった。表情にも憂いがあり、やつれているような感じがした。

「およしさまでおられますか」

林崎の言葉遣いが急に丁寧になった。

「はい」

「それがし、小笠原家からまいった近松にございます」

林崎が名乗ると、

「ともかく、お上がりになってください」

およしは、林崎と八九郎を板敷きの間のつづきの座敷に上げた。

隅に座布団と莨盆《たばこぼん》がおいてあるだけの何もない座敷だった。おそらく、小笠原家の使者と面談するおりに使われる座敷なのだろう。

林崎と八九郎が座布団に座ると、

「何かご用でしょうか」

およしが、こわばった表情で訊いた。

「松之助さまのお加減は、いかがでございましょうか」

林崎はおだやかな物言いで訊いた。

「風邪をこじらせて、臥っておりますが、だいぶよくなりました」

「それはなりより。……ところで、田島どのと黒沢どのが、およしさまの許にみえられたと聞きましたが、おふたりはどのような用件でまいられたのでございましょう。長門守さまの使者ではないはずでござるが」

林崎がもっともらしい言いまわしで訊いた。

「実は、松之助の容体を心配されて……」

およしが言いにくそうな顔をして視線を膝先に落とした。

「おふたりは滝江さまのご意向で、ここへみえられたと推測いたしますが」

林崎が声を落として訊いた。

「は、はい……」

「松之助さまが、小笠原家へ入られるかどうか、およしさまのご意向を尋ねられたのでございましょう」

そう言って、林崎はおよしを見つめた。

八九郎は黙って林崎の脇に座していた。ここは、林崎にまかせようと思ったのである。

「はい」

「それで、およしさまは何とお答えなさったのです」

「お屋敷に入るつもりはありません、とお答えしました。わたしと松之助は、お旗本のお屋敷で暮らすつもりはありませんから」

およしが、きっぱりと言った。

八九郎は、林崎とおよしのやり取りを耳にしながら、田島と黒沢は滝江の指示で、およしの胸の内と松之助の病状を確かめるためにここに来たにちがいない、と推測した。滝江にすれば、松之助の存在も房之助と同様に脅威だったにちがいない。およしが松之助に小笠原家を継がせたいという強い意思を持っていれば、滝江は犬山たちに命じて、松之助の命も狙わせたかもしれない。

「田島どのと黒沢どのは、何度もここに来たと聞きましたが」

林崎がさらに訊いた。

「はい、滝江さまは、わたしと松之助のことを心配されて、おふたりに暮らしの様子を見てくるようお命じになったようです。……滝江さまは、わたしたちがここで暮らすつもりなら、だれが小笠原家を継いでも母子《おやこ》ふたりで暮らしていけるよう合力してくださるとまで言ってくださいました」

「さようでございますか」

林崎は渋い顔をした。

林崎は、滝江がおよしと松之助をこの家に縛り付けておこうとして、長門守には内緒で田島と黒沢を寄越していたと推測したのだろう。

八九郎もまったく同じ思いをもった。滝江はおよしと松之助も、小笠原家へは入れないように手を打っていたのだ。

「それで、近松さまのご用件は？」

およしが、不審そうな顔をして訊いた。林崎が滝江にかかわることだけ訊くので、不審に思ったのだろう。

「い、いや、殿に、およしさまと松之助さまのご様子を見てくるよう命じられましてな。とりわけ、殿は松之助さまのご病気を心配なされているようでした」

林崎が、慌てた様子で言った。

「殿さまに、だいぶよくなりましたとお伝えください」

およしの声は、冷ややかだった。すでに、長門守との関係は冷めてしまっているのであろう。

「殿は、おふたりの暮らしも心配なされておりましたが」

「いつものお手当てで、十分でございます」

およしが言った。

当然のことだが、およしと松之助が暮らしていけるだけの手当ては、小笠原家が出しているのだろう。

それからしばらく、林崎はおよしに暮らしぶりや今後の暮らしをどうするかなど訊いたが、およしはあまり話したがらなかった。

話がとぎれ、林崎が腰を上げそうになったとき、

「およしさまは、滝山房之助さまが小笠原家の養子に入るという話が進んでいることをご存じですか」

と、八九郎が訊いた。

「はい」

およしが八九郎に顔をむけた。

「それがし、ここに来る前、房之助さまとお会いしました。房之助さまは、大変心の優しいお方で、およしさまと松之助さまのことをたいそう心配され、小笠原家を継ぐようなことになれば、おふたりのお世話はこれまで以上にやらせていただきたい、ともうされておりました」

およしは、房之助が小笠原家を継ぐと自分たちの暮らしがどうなるのか、心配しているだろう、と八九郎は思って言ったのだ。むろん、房之助がそう言ったわけではないが、房之助ならおよしたちに辛く当たることはないと信じていた。

「ありがとうございます」

およしが、こわばっていた顔に笑みを浮かべた。ほっとしたような表情である。

「では、これにて」

林崎が立ち上がり、八九郎がつづいた。

3

「たしか、この辺りだったたな」

沖山は、神田三河町二丁目の町筋を歩いていた。

柳田道場を探していたのである。沖山は数年前、三河町二丁目の町筋を歩いていたとき、柳田道場を見かけた記憶があったのだ。

「あれだ」

半町ほど先の路地沿いに町道場らしい建物が見えた。それほど大きな家ではないが、板壁の高い場所に武者窓がついている。

かすかに、竹刀《しない》を打ち合う音や甲高い気合が聞こえてきた。稽古中のようである。

柳田道場は、路地からすこし入ったところにあった。路地沿いに小店や長屋などが並び、ぼてふり、行商人、職人ふうの男、子供連れの母親、町娘などが行き交っていた。けっこう賑やかな路地である。

……道場を訪ねることはできんな。

沖山は道場主の柳田と面識はなかった。訪ねていっても、まともに相手をしてくれないだろう。

沖山は道場の門弟に話を訊くことにした。稽古が終るのを待って、話の訊けそうな門弟をつかまえるのである。

沖山は路地を見通し、町家のとぎれた所に欅《けやき》が枝葉を茂らせているのを目にとめた。そこなら、初夏の陽射しを遮ってくれそうである。それに、通りかかった者も、木陰で一休みしていると見るだろう。

沖山が欅の木陰に立って、小半刻（三十分）ほどすると、稽古の音が聞こえなくなった。道場の稽古が終わったようである。

それからいっときして、ひとり、ふたりと門弟らしき男が、路地に姿をあらわした。

沖山は年配の門弟が通りかかるのを待った。有馬が柳田道場を破門されたとの噂を聞いたのは、五年ほど前のことだった。若い門弟は、有馬のことを知らないだろう。

……あの男に訊いてみるか。

三十がらみの小柄な武士が、路地を歩いてきた。丸顔で目が細く、人のよさそうな男である。男は剣袋や防具などは持っていなかったが、道場から出てきたので、門弟とみていいだろう。

「しばし、しばし」

沖山は木陰から出て、男の背に声をかけた。

「それがしで、ござるか」

男は足をとめて振り返った。

「それがし、沖田《おきた》新八郎《しんぱちろう》ともうす。……柳田道場のご門弟とお見かけし、声をかけもうした」

沖山は咄嗟に思いついた偽名を口にした。

「いかにも、柳田道場の門弟だが」

男は怪訝な顔をした。牢人体の沖山に突然声をかけられたからであろう。

「お訊きしたいことがあって……。足をとめさせては、もうしわけない。歩きながらで結構でござる」

沖山は男と肩を並べて歩きだした。

「それで、何を訊きたいのです」

男が、不審そうな顔をして言った。

「そこもとは、柳田道場で修行された有馬稲三郎どのを知っておられようか」

沖山は有馬の名を出した。

「知っているが……」

男の顔に警戒するような表情が浮いた。

「それがし、さる道場で、有馬どのとお手合わせしたことがござる。そのさい、有馬どのは、驚くような精妙な剣を遣われ、驚嘆いたしたのだ」

沖山がもっともらしく言った。

「精妙な剣とは？」

男が沖山に顔をむけて訊いた。好奇心を持ったようだ。

「横一文字に首を刎ねる剣。……有馬どのは寸止《すんど》めされたので、それがしが傷を負うことはなかったが、真剣勝負なれば、首を刎ねられていただろう」

寸止めとは、手の内を絞って木刀なり刀なりを相手の体の直前でとめることである。

「横霧か……」

男の顔に嫌悪の表情が浮いた。

「やはり、ご存じか。有馬どのは横霧と称され、柳田道場の門弟だったころに身につけたと口にされたのだ」

沖山は、有馬がいつ横霧を会得《えとく》したのか知らなかった。男から話を訊くためにそう言ったのである。

「たしかに、有馬は柳田道場の門弟だった。……だが、有馬は数年前に道場をやめている。いまは、柳田道場と有馬とのかかわりはござらぬ」

男がつっ撥ねるように言った。

「さようでござるか。……何とか、有馬どのに指南していただき、それがしも横霧を会得したいと思っているのだが、有馬どののお屋敷をご存じあるまいか」

沖山が訊いた。

「有馬家の屋敷は御徒町《おかちまち》にあるが、有馬はとうに家を出ている。なにせ、御家人の冷や飯食いだからな」

男の顔に揶揄するような笑いが浮いた。

どうも、男は有馬を憎んでいるようだ。有馬が、師範代を斬って破門された経緯を知っているのだろう。

「いまは、どこにお住まいか、ご存じあるまいか」

沖山は食い下がった。何とか、有馬の塒を聞き出したかったのである。

「さァ、知りませんね」

男は素っ気なく言って、すこし足を速めた。

「道場をやめられた後、有馬どのと会ったことはござらぬのか」

沖山も足を速めた。

「会ったことはある」

「どこで、会いました」

「三島町だ。……会ったといっても、高林《たかばやし》どのといっしょに歩いていたのを見かけただけだ」

「高林どのとは？」

「有馬と同じころ、道場をやめた門弟だ。……そういえば、三島町で何度か見かけたことがあるな。有馬は、三島町に住んでいるのではないか」

「三島町のどこでござる」

沖山は食い下がった。

「忘れたよ」

男はそう言い置き、小走りに沖山から離れていった。

……三島町か。

沖山は足をとめ、遠ざかっていく男の背を見つめながらつぶやいた。

4

沖山はひとり神田三島町を歩いていた。有馬の塒をつきとめるために来たのだが、当てはなかった。三島町はそれほどひろい町ではないが、闇雲に歩いていたのでは、どうにもならないだろう。

……一膳めし屋で、訊いてみるか。

有馬が独り暮らしなら、めしを食いに立ち寄るのではないかと思ったのだ。

八ツ半（午後三時）ごろだった。三島町の町筋には、ちらほら人影があった。初夏の強い陽射しを避けるために、笠をかぶったり、手ぬぐいで頬っかむりしている男が目に付いた。

一町ほど歩いたところで、一膳めし屋を見つけた。沖山は店に入って、飯台に腰を下ろした。注文を訊きにきた親爺に酒と肴を頼み、有馬の名を出して訊いてみたが、親爺は知らないようだった。それとなく、近くでめしを食っていた職人らしい男にも訊いてみたが、やはり知らなかった。

沖山は、半刻（一時間）ほどいて一膳めし屋を出た。それから、通り沿いのそば屋や縄暖簾を出した飲み屋などに立ち寄って聞き込んだが、やはり有馬のことを知っている者はいなかった。

……彦六の手を借りるか。

この手の探索は、岡っ引きである彦六の方がたしかである。

その日、沖山は寅次一座の小屋に立ち寄り、八九郎に有馬の塒が三島町らしいことを伝え、彦六の力を借りたいと話すと、

「明朝、三島町へ行く前に小屋に立ち寄ってくれ」

と、八九郎が言った。今夕、彦六は小屋に立ち寄ることになっているので、伝えておくという。

翌日、沖山は小屋で待っていた彦六とふたりで、三島町へむかった。

賑やかな両国広小路を抜け、柳原通りに入ってから、沖山はこれまでの経緯を彦六に話し、

「闇雲に歩きまわっても埒が明かぬ。何か、手はないか」

と、訊いた。

「沖山の旦那、三島町なら寅造《とらぞう》に訊けば、早《はえ》えかもしれやせんぜ」

歩きながら、彦六が言った。

「寅造というのは、何者だ」

「三島町界隈で顔をきかせている地まわりでさァ」

彦六によると、三島町界隈の遊び人、博奕打ち、徒牢人など、町方に目をつけられそうな悪党ならたいがい知っているという。

「有馬も、真っ当な男じゃァねえはずだ。寅造なら、知ってるはずですぜ」

「そうか」

沖山は彦六にまかせることにした。

柳原通りを筋違《すじかい》御門の方にむかって歩き、和泉橋《いずみばし》のたもとを過ぎていっときしてから、左手の路地に入った。町筋をしばらく歩くと、三島町に入った。

「寅造の店は、この路地だったな」

彦六は表通りから狭い路地に入った。

寅造は情婦《いろ》とふたりで、飲み屋をやっているという。

「ここだ、ここだ」

彦六は小体な飲み屋の前で足をとめた。

赤提灯も看板もなかった。戸口の腰高障子に「さけ」とだけ書かれている。まだ、客はいないらしく、店はひっそりとしていた。

腰高障子に身を寄せると、店のなかから水を使う音とくぐもった話し声が聞こえてきた。だれか、いるらしい。

「ごめんよ」

彦六が声をかけて、腰高障子をあけた。

店のなかは薄暗かった。土間に飯台がふたつ置いてあり、そのまわりに腰掛け代りの空樽が並べてあった。まだ、客の姿はなかった。

水を使う音と話し声が店の奥でしていた。

「だれかいねえかい」

彦六が声を大きくした。

すると、下駄の音がし、店の奥の板戸の間から四十がらみと思われる樽のように太った女が姿を見せた。店の奥が、板場になっているらしい。板場といっても、土間の隅を板戸で仕切っただけである。

「いらっしゃい」

女は目を糸のように細め、饅頭のような頰に笑みを刻んで言った。彦六と沖山を客と思ったらしい。

であろう。

「寅造に、彦六が来たと伝えてくんな」

彦六が言うと、とたんに女の顔から愛想笑いが消えた。客ではないと分かったから
であろう。

「女将さん、ついでに、酒と肴を頼まァ。肴は見繕《みつくろ》ってくんな」

彦六が慌てて言い添えると、

「すぐ、うちの旦那を呼ぶからね」

女は、また愛想笑いを浮かべて奥へひっ込んだ。どうやら、寅造の情婦らしい。

彦六と沖山が、飯台に腰を下ろすとすぐに奥の板戸から男が出てきた。

大柄で髭が濃く、目がギョロリとして唇の厚い男だった。悪相である。歳は四十代
半ばであろうか。

男は前だれをかけていた。板場で、洗い物でもしていたのかもしれない。

「寅造か、久し振りだな」

彦六が言った。

「親分さんか。どういう風の吹きまわしだい」

寅造は、ギョロリとした目で彦六と沖山を見ながら近付いてきた。

「ちょいと、訊きてえことがあってな。手間は取らせねえ、そこに、かけてくれ」

彦六は、腰かけていた飯台の向かいに腰を下ろすよう、うながした。

「何が訊きてえ」

寅造は無愛想な顔をして、向かいに腰を下ろした。

「三島町に、有馬稲三郎ってえ侍がいるだろう」

彦六が有馬の名を出して訊いた。

「いるには、いるがな」

寅造は曖昧な物言いをした。話すのを渋っているようだ。

すると、彦六はすぐにふところから巾着を取り出し、一朱銀をつまみ出して寅造の前に置き、

「そいつの塒を知ってるかい」

と、訊いた。この手の男は、ただでは話さないらしい。

「知ってるぜ」

寅造は、当然のことのように一朱銀を手にしてたもとに落とした。

「どこだい」

「この路地の突き当たりが四辻になっている。そこを左にまがると、下駄屋があってな。その下駄屋の隣が、有馬の塒だ」

「ひとりで暮らしてるのかい」

「ああ……。親分さんたちは有馬をどうするつもりか知らねえが、下手に手を出すと、命はねえぜ。有馬は腕が立つ。それに、笑いながら人を斬るようなやつだ」

寅造が、顔に憎悪の色を浮かべて言った。どうやら、寅造は有馬を嫌っているようだ。

そんなやり取りをしているところへ、女が酒と肴を運んできた。肴は煮付けた鰯《いわし》とたくあんだった。

沖山は寅造がついでくれた猪口の酒を飲み干してから、

「ところで、有馬だが、何をして食っているのだ」

と、訊いた。家を出た有馬は、口を糊《こ》するために稼がねばならないはずだ。

「でけえ声じゃァいえねえが、三島町に越してきたころは辻斬りをしてたって噂がある。ただ、いまは悪事はしねえでも、食っていけるようですぜ」

寅造が、声をひそめて言った。

「いまは、何をしているのだ」

さらに、沖山が訊いた。

「何をしてるかしらねえが、仕官でもしたんじゃァねえのかな。身装《なり》も立派だし、いっしょに歩いているのも、旗本みてえなお侍ですぜ」

「いっしょに歩いている侍だが、名を知っているか」

知らないだろうと思ったが、沖山は念のために訊いてみた。

「ひとり、知っていやす。有馬が、高林と呼んでやしたぜ」

寅造によると、店の戸口の前で通りかかったふたりを見たとき、有馬が、高林どの、と声をかけたという。

「高林か」

柳田道場の門弟が口にしていた男である。

沖山が口をつぐんだとき、脇から彦六が、

「高林の他にも、いるのかい」

と、口をはさんだ。

「名は知らねえが、有馬の塒に背の高い侍がときどき来るようだぜ」

「犬山かもしれねえ」

彦六がつぶやくと、沖山がうなずいた。

それから、沖山と彦六は、有馬や高林のことをくわしく訊いたが、探索に役立つような話は聞けなかった。

「また寄らせてもらうぜ」

彦六が腰を上げると、沖山もつづいた。

5

「沖山の旦那、あそこに下駄屋がありやすぜ」

彦六が指差した。

沖山と彦六は、寅造に教えられたとおりの道筋をたどってここに来たのである。

「すると、隣の家が有馬の塒だな」

板塀をめぐらせた仕舞屋だった。小体な古い家である。ただ、独りで住むには十分であろう。

「行ってみやすか」

「近付いてみよう」

ふたりは下駄屋の前を通り過ぎ、板塀の陰に身を寄せた。ただ、通りから見える場所なので、長くはいられない。

家のなかは、ひっそりとしていた。物音も話し声も聞こえない。留守のようだ。

「旦那、どうしやす」

「ここにいても仕方ないな」

沖山と彦六は、すぐに通りへ出た。

ふたりは、念のために下駄屋の親爺に話を訊いてみた。親爺によると、やはり有馬は独りで住んでいるという。それに、寅造が話していたとおり、犬山と高林がときどき訪ねてくるらしい。

沖山が、親爺がどうして犬山と高林の名を知ったのか訊くと、

「有馬の旦那たちは、何度か店の前を話しながら通ったので、名を覚えちまったんでさァ」

親爺が店先で下駄を並べたり、客と話していたりするときに通るので、嫌でも会話が耳にとどいたという。

「ところで、高林という男はどんな男だ」

沖山があらためて親爺に訊いた。名は分かったが、年格好も人相も聞いていなかったのだ。

「御家人か旗本にお仕えしているご家来のように見えましたが……」

親爺によると、三十四、五歳で、面長で鼻の高い男だという。

「侍の他には、来ねえのかい」

彦六が訊いた。

「遊び人のような男が来ることもありますよ」

親爺が答えた。

「名は分かるか」

「さァ、名前までは……」

親爺は、首を横に振った。知らないらしい。

沖山は政造ではないかと思った。政造が、連絡のために有馬の家に姿を見せても不思議はない。

沖山と彦六はそれだけ聞くと、下駄屋を出た。町娘が店に来て下駄を手にしたのを見た親爺が、首をすくめるように頭を下げて沖山たちから離れたからである。

「どうしやす」

彦六が訊いた。

「小屋にもどって、頭に報《し》らせておこう」

沖山は、有馬の塒が分かったことだけでも八九郎の耳に入れておこうと思ったのだ。

寅次一座の小屋に着いたのは、暮れ六ツ（午後六時）の鐘が鳴ってからだった。すでに、見世物小屋ははねている。

「どうだ、そばでも食いながら話さんか」

そう言って、八九郎は沖山と彦六、それに小屋にいた林崎もさそった。

四人が腰を落ち着けたのは、浜崎屋の奥の座敷である。八九郎が、浜崎屋のあるじに頼んで、奥の座敷にしてもらったのである。

酒がとどき、四人が喉を潤した後、

「沖山、話してくれ」

と、八九郎が切り出した。

「彦六のお蔭で、有馬の塒がつきとめられたよ」

そう前置きして、沖山は三島町の寅造から情報を得たことや有馬の塒が三島町にあることなどをかいつまんで話した。

「犬山と政造らしき男、それに、高林という武士も、ときおり有馬の家に姿を見せるそうだよ」

沖山が言い添えた。

「高林だと」

林崎が聞き返した。双眸が、ひかっている。

「林崎、高林を知っているのか」

八九郎が林崎に顔をむけた。

「内村家の用人に、高林峰三郎《みねさぶろう》という男がいる」

林崎によると、高林は先代のころから内村家に仕える用人で、内村家を切り盛りしている男だという。

「高林だが、どんな男か分かるか」

林崎が訊いた。

「下駄屋の親爺によると、面長で鼻の高え侍だそうでさァ」

彦六が答えた。

「まちがいない。その男、内村家の用人の高林だ」

林崎が声を大きくして言った。

「犬山たちを動かしていたのは、内村家の用人の高林のようだ。高林は滝江と内村の指示を受けて、犬山たちに指図していたのだろう」

八九郎は、房之助の命を狙う一味の全貌が見えてきたような気がした。

滝江に泣き付かれて、兄である内村嘉之助が荷担したのであろう。そして、内村家の用人の高林を頭目格にして、内村家の若党の田島と小笠原家の家臣の黒沢がしたがい、牢人の身である犬山、有馬、村野、それに政造たち町人がくわわったようだ。

「有馬と高林は、同じ柳田道場の門弟ということでつながったのだな」

林崎がつぶやくような声で言った。

「おれもそうみる。有馬は内村家とも小笠原家とも、かかわりがないようだからな」

八九郎が黙ると、次に口をひらく者がなく、座敷は沈黙につつまれた。

すると、彦六が八九郎に目をやり、

「旦那、早《はえ》えとこ有馬を始末しちまったらどうです」

と、言った。

「それも手だが、まだ肝心の犬山と政造の塒がつかめていないからな。……彦六、頼みがある」

八九郎が声をあらためて言った。

「なんです？」

「浜吉とふたりで、有馬の塒を見張り、犬山と政造があらわれたら跡を尾《つ》けて、隠れ家をつかんでくれんか」

八九郎は、ふたりの隠れ家がつかめれば、一味を捕らえるなり、斬るなりしてもいいと思った。

「ようがす」

彦六が目をひからせてうなずいた。

6

彦六と浜吉は、翌日から三島町へ出かけて有馬の住む借家を見張ったが、ふたりよりも早く、玄泉が政造の埒をつかんできた。

八九郎たちが浜崎屋で打ち合わせた三日後、ひょっこり玄泉が見世物小屋に姿を見せたのだ。

その日、八九郎は陽が家並のむこうに沈みかけたころ、木刀を持ち出し、小屋の裏手の人気《ひとけ》のない所で振っていた。

剣術の稽古というより、有馬の遣う横霧を破る工夫をしていたのだ。

……このままでは、有馬に勝てぬ。

と、八九郎は自覚していた。

横霧を破るには、首を狙って横に払う二の太刀をふるわせないようにするしかなかった。そのためには、有馬の初太刀に合わせて斬り込むしかない。

ただ、有馬は長刀を遣い、初太刀を遠間から仕掛けてくるので、八九郎が深く踏み込まなければ、切っ先がとどかないのだ。深く踏み込めばそれだけ斬撃が遅れ、下手をすれば初太刀で腹をえぐられることになる。

……まともに斬り込んだのでは、勝負にならぬ。

八九郎は、有馬の横霧の構えに対し、青眼に構えたり、八相に構えたり、上段に構えたりして斬り込んでみたが、有馬が初太刀をふるうより迅く、斬り込むことはできなかった。

「だめだな……」

八九郎が木刀を下ろしてつぶやいたとき、背後に人の近付く気配がし、

「何が、だめなのだ」

と、くぐもった声が聞こえた。

振り返ると、玄泉が立っていたのだ。

「玄泉か。有馬の横霧を破る工夫をしていたのだが、どうも、だめだ。……もう、おれの首は五度も飛んでいたぞ」

そう言って、八九郎は下ろした木刀を左手に持ちなおした。

「頭の首が飛んだら、おれが拾ってやりますよ」

玄泉が、口元に薄笑いを浮かべて身を寄せてきた。八九郎の話を冗談にとったのか、それとも、八九郎が有馬に負けるようなことはないと信じているのか、どちらかであろう。

「ところで、何か分かったのか」

八九郎が訊いた。玄泉は何か報らせることがあって、見世物小屋に姿を見せたにちがいないのだ。

「政造の塒が知れたぜ」

玄泉が言った。

「さすが、玄泉、やることが早いな」

「たまたま、やつが小磯に姿を見せたからでさァ」

玄泉によると、村野を尾行して仲間の塒をつかむつもりで、小磯に目をつけていたという。ところが、犬山たちが小屋を襲ったときに村野を討ち取ったので、尾行することはできなくなった。

それでも、玄泉は仲間のだれかが小磯に姿を見せるのではないかと思い、夕方だけ店を見張ったという。

「すると、目の細い、顎のとがった遊び人が姿を見せたのだ。政造にちがいないと思い、跡を尾けて塒をつきとめた」

玄泉は政造を見たことはないが、人相を聞いていたのでそれと分かったという。

「それで、政造の塒はどこだ」

八九郎が訊いた。

「佐久間町の和泉橋ちかくの長屋だ」

玄泉によると、政造は、孫兵衛店《まごべえだな》という棟割長屋に独りで住んでいるという。

「どうだ、政造を捕えて締め上げたら。政造なら、犬山の塒も知っているはずだぞ」

玄泉が低い声で言った。

「いい手だな」

政造なら、犬山だけでなく他の町人の仲間のことも知っているだろう。それに、犬山たちが、だれの指図で動いているかもはっきりするはずだ。

「明日にでも、やるか」

「そう急《せ》くな。……お奉行の指図をあおいでからだ」

政造はともかく、高林、田島、黒沢は旗本の家臣である。しかも、此度《こたび》の件は大身の旗本、小笠原家の跡継ぎにかかわっての争いなのだ。町方が手を出せるような事件ではなかった。下手に動くと、奉行の遠山の首を絞めかねない。

八九郎は、事件の始末のつけ方を遠山と相談するつもりだったのだ。


翌日、八九郎は長持から奉行所へ出向くおりの仕立のいい小袖と袴を取り出して着替え、二刀を帯びて呉服橋にむかった。

北町奉行所の長屋門をくぐると奉行所には入らず、そのまま裏手の奉行の役宅にむかった。

役宅の用部屋を覗くと、武藤が何やら帳簿を繰《く》っていた。

「おお、嵐どの、お久し振りでござるな」

武藤は帳簿をとじて、腰を上げた。

「何を見ていたのだ」

「なに、調度のことでな。……無駄をはぶくのも、わしらの仕事だ」

武藤は用人として遠山家の切り盛りにもかかわっていたのだ。

「お奉行は、おられるか」

「小半刻（三十分）ほど前に、下城されている」

奉行の下城は、通常八ツ（午後二時）ごろである。その後、訴訟を片付けるためにお白洲に出ねばならない。

八九郎は、遠山の下城時刻を見計らい、白洲へ出るまでの間に面会できないかと思って来たのである。

「お奉行のお耳に入れておきたいことがあるのだが、お伝え願えないかな」

八九郎が言った。

「しばし、お待ちを」

そう言い残し、武藤は用部屋から出ていった。

いっとき待つと、武藤がもどってきた。

「お奉行が、会われるそうだ。……居間で、お待ちくだされ」

そう言って、武藤は八九郎と会うときに使われる中庭に面した座敷に連れていった。

八九郎が座敷に座すと、待つまでもなく廊下を歩く足音がし、遠山が姿をあらわした。

遠山は八九郎と対座すると、

「八九郎、何か報らせたいことがあるそうだな」

すぐに、切り出した。相変わらず、忙しそうである。

「お奉行よりお指図をいただきました小笠原家の跡継ぎの件、あらかた探索が済みましてございます」

そう前置きし、八九郎はこれまで探索した結果をかいつまんで話した。ただ、長門守の正室の滝江と内村嘉之助の名は出さず、

「小笠原家の家中に、房之助どのが跡を継がれるのを快く思っていない者がおり、その者が実家の手も借りて画策しているようでございます」

と、曖昧に話した。まだ、滝江と嘉之助が陰で犬山たちを動かしている確証はないのである。

「その者の実家は、旗本だな」

遠山も実名を訊かなかった。おそらく、察しはついているのだろう。

「はい、大身の旗本にございます」

「されば、その者たちが直接動いていることはないのだな」

「いかさま」

滝江や嘉之助が、犬山たちに会って指図するようなことはないはずだ。八九郎は、ふたりの意向を汲んで高林が指図しているとみていた。

「八九郎、われら町方は、旗本を捕らえることはできぬ。それに、小笠原家の家督争

いが露見すれば、長門守どのに疵《きず》が付く。それでは、長門守どのの力になるどころか、かえって追いつめることになろう」

「…………」

遠山の言うとおりである。滝江と嘉之助の悪事が暴かれれば、長門守の立場も失われるだろう。

「八九郎、そちは影の与力だ。町方のように、下手人を捕縛せんでもよい。長門守どのに疵の付かぬように、うまく始末してくれ」

遠山がけわしい顔をして言った。

「旗本の家臣や牢人を闇に葬ることになりますが、よろしゅうございますか」

八九郎の顔から、覇気のない物憂そうな翳《かげ》は消えていた。双眸が切っ先のようにひかり、凄みのある面貌《おもて》に豹変している。

「かまわぬ」

「心得ました」

八九郎は、両手を畳について低頭した。

第五章　悪党たち

1

八九郎は見世物小屋の裏手に立ち、脳裏に描いた有馬と対峙していた。八九郎は八相。有馬は刀身を横に寝せた横霧の構えである。

有馬が、いきなり横霧の構えから刀身を横に払った。

閃光が、八九郎の胴を襲う。

咄嗟に、八九郎は八相から有馬の手元にむかって斬り下ろした。

ふたりの刀身がはじき合った。瞬間、八九郎の腰がくだけて体勢がくずれた。同時に、有馬の体勢もくずれ、二の太刀を連続してふるうことはできなかった。

……これか！

と、八九郎は思った。

有馬を斬ろうとせず、有馬がふるった初太刀の刀身を斬るのである。そうすれば、お互いの刀身がはじき合い、有馬の神速の二の太刀を防ぐことができる。

……だが、おれも二の太刀がふるえぬ。

八九郎の体勢もくずれ、二の太刀をふるうことができない。有馬の二の太刀は防げても、有馬を斬ることはできないのだ。

八九郎はふたたび木刀を八相に構え、脳裏に描いた有馬と対峙した。

有馬は刀身を水平に構え、ジリジリと間合をせばめてくる。

有馬は横霧を放つ間合に踏み込むや否や、すかさず刀身を横一文字に払った。稲妻のような閃光が、八九郎の胴を襲う。

タアッ！

鋭い気合を発し、八九郎が八相から閃光めがけて斬り下ろした。

甲高い金属音がひびき、ふたりの刀身が上下にはじき合う。同時に、八九郎の体勢がくずれ、有馬の体勢もくずれる。

次の瞬間、八九郎は体勢をたてなおしざま、後ろへ跳んだ。有馬の二の太刀を恐れたのである。

……二の太刀をあびることはないが、やはり、有馬を斬ることはできぬ。

八九郎は、逃げるだけでは駄目だ、と思った。ふたたび構えなおして、有馬と対峙するだけである。

八九郎は逃げずに、刀をはじき合った後、すぐに二の太刀を斬り込まなければ勝機はないと思った。それには、有馬が二の太刀をはなつより先に、斬り込まねばならない。一瞬の勝負になるだろう。

八九郎は脳裏に描いた有馬に対し、繰り返し繰り返し挑んだ。

半刻（一時間）ほどすると、頬や首筋に汗がつたい始めた。それでも、木刀を下ろさなかった。八九郎はひとりの剣客として、何としても有馬の横霧を破りたかったのだ。

そのとき、背後に人の近付く気配がし、

「嵐さま、嵐さま」

と、お京の声が聞こえた。

「お京か、どうした」

八九郎は木刀を下ろし、手の甲で流れる汗を拭いた。

「彦六さんと浜吉さんが、来てますよ」

「ならば、これまでだな」

八九郎は、政造を捕らえるために佐久間町へ行くことになっていたのだ。念のため、玄泉の他に彦六と浜吉も同行するよう伝えてあった。

八九郎が小屋にむかうと、お京が跟《つ》いてきて、

「嵐さま、どうしても有馬と立ち合うの」

と、心配そうな顔をして訊いた。お京は、八九郎が有馬と立ち合うために剣の工夫をしていることを知っていたのだ。これまで、八九郎が立ち合いのために剣の工夫をすることなどなかったので、お京は心配になったらしい。

「ああ、やるつもりだ」

「沖山の旦那と、ふたりでやったら」

お京は、沖山の手を借りて、ふたりで有馬を討ち取ればいいではないかと言っているのだ。

「それでは勝負にならん。……お京も綱渡りのとき、難しい芸でも仲間の手を借りずにやろうとするだろう。それと同じだ」

「斬り合いと綱渡りをいっしょにしないでよ」

お京は視線を落としてつぶやくような声で言った。これ以上話しても、八九郎は有

馬との勝負をやめないだろうと思ったのであろう。

小屋の裏手で、彦六と浜吉が待っていた。

「旦那、玄泉さんは？」

彦六が訊いた。

「和泉橋のたもとで待っていることになっている。……ところで、舟は？」

八九郎たちは、佐久間町まで猪牙舟で行くことになっていたのだ。舟の調達は、彦六にまかせてあった。

「桟橋につないでありまさァ」

「よし、行こう」

八九郎は、手にした木刀をお京に渡した。木刀は必要なかったのである。

見世物小屋の近くの大川の桟橋に、猪牙舟が舫《もや》ってあった。八九郎が乗り込むと、浜吉が艫《とも》に立って棹《さお》を握った。

「すぐ、着きやすから」

浜吉は棹を巧みにあやつって舟を桟橋から離すと、艪《ろ》に持ち替えて水押《みよ》しを川上にむけた。

八九郎たちが乗る舟は両国橋をくぐると、すぐに水押しを左手にむけて神田川に入った。そして、神田川をいっときさかのぼると、前方に和泉橋が見えてきた。橋の手前にちいさな桟橋があり、数艘の猪牙舟が舫ってあった。

「舟を着けやすぜ」

浜吉は棹を手にして、舫ってある舟の間に水押しをむけ、舟を桟橋に着けた。

「降りてくだせえ」

浜吉の声で、八九郎と彦六は桟橋に飛び下りた。

八九郎は浜吉が舫い杭に舟を繋ぐのを待ってから、通りへつづく石段を上がり始めた。

すぐ近くが和泉橋のたもとになっていて、川岸の柳の樹陰に玄泉の姿があった。八九郎たちを待っていたのだ。

「玄泉、政造は長屋にいるのか」

八九郎は、玄泉と顔を合わせるとすぐに訊いた。先に来ている玄泉が、長屋に政造がいるかどうか見ておくことになっていたのだ。

「いるようだ」

玄泉は自分の目で確かめたわけではないが、長屋の女房にそれとなく訊き、政造が長屋にいることを確かめたという。

「まだ、早いかな」

八九郎は西の空に目をやった。

夕陽が家並の向こうに沈みかけていたが、まだ辺りに淡い陽の色が残っていた。暮れ六ツ（午後六時）までに、小半刻（三十分）はあろうか。八九郎は政造を捕らえて、長屋から連れ出すのは、大騒ぎにならないように辺りが夕闇につつまれてからがいいと思っていた。舟で来たのも、そのためである。捕らえた政造を舟に乗せて、南茅場町《かやばちょう》にある大番屋に連れていって吟味するつもりだったが、町筋を歩いて連行すれば、騒ぎ立てる者がいるかもしれないのだ。

「なに、ゆっくり行けば、長屋に着くころには辺りが暗くなる」

玄泉が先に立って歩きだした。

2

玄泉が表通りから細い路地に入って、一町ほど歩いたとき、

「あそこの八百屋の角を入ったところが、孫兵衛店だ」

と言って、前方を指差した。

路地沿いに八百屋らしい小体な店があり、その脇に路地木戸があった。木戸の先が孫兵衛店らしい。

「いい頃合だな」

すでに、暮れ六ツの鐘が鳴り、路地は淡い暮色につつまれていた。路地沿いにある小体な店や表長屋なども店仕舞いしていた。路地に人影はなく、ひっそりとしている。

路地木戸の前まで来ると、

「やつがいるかどうか、おれが見てくる」

そう言い残し、玄泉が路地木戸をくぐった。

八九郎たちは店仕舞いした八百屋の軒下に身を寄せて、玄泉がもどってくるのを待った。

いっとき待つと、玄泉が小走りにもどってきた。

「いるぞ。やつは、ひとりで酒を飲んでいる」

玄泉は、政造の家の腰高障子に身を寄せて破れ目から覗いてみたという。

「都合がいいな」

八九郎は、酔っている方が捕らえやすいと思った。

「こっちだ」

玄泉が先にたって路地木戸をくぐった。

八九郎がつづき、さらに彦六と浜吉が後についた。

長屋は古い棟割長屋だった。辺りは淡い暮色につつまれている。家の外に人影はなかったが、長屋は騒がしかった。家々から灯《ひ》が洩れ、あちこちから赤子の泣き声、亭主のがなり声、子供を叱る母親の甲高い声、子供の笑い声などが聞こえてきた。いま、長屋は夕餉《ゆうげ》後の騒がしい時なのかもしれない。

玄泉は木戸を入ってすぐの棟の角に立ち、

「三つ目の家が、やつの塒だ」

と、小声で言った。

見ると、腰高障子の破れ目から淡い灯が洩れている。

「踏み込もう」

八九郎と玄泉が足音を忍ばせて、戸口に近付いた。

彦六と浜吉は、念のために戸口で待ち構え、政造が飛び出してきたら、取り押さえる手筈になっていた。

「おれから入る」

そう言って、玄泉がいきなり腰高障子をあけた。

玄泉の大柄な体に隠れるようにして、八九郎がつづいた。

政造は座敷に胡座《あぐら》をかいて、貧乏徳利の酒を飲んでいた。その政造の体が凍り付いたように固まった。突然、土間に入ってきた玄泉を見て、度肝を抜かれたようだ。無理もない。坊主頭の巨漢が薄闇のなかで、ニタニタ笑いながら立っているのだ。

「な、なんだ、てめえは！」

政造が、ひき攣《つ》ったような声を上げ、慌てて腰を上げた。

政造の体が震えてよろめき、足で貧乏徳利を倒した。酒が音をたてて座敷に流れ出、畳に染みていく。

「おれを知らんのか」

玄泉が薄笑いを浮かべたまま言った。

その間に八九郎は抜刀し、上がり框《かまち》に飛び上がった。

「あ、嵐か！」

叫びざま、政造は外へ飛び出そうとした。

その前に、八九郎が立ちふさがり、切っ先を政造の喉元につけた。素早い動きである。

「動くな！　喉に突き刺さるぞ」

八九郎が政造を睨みながら言った。

政造はその場につっ立ち、恐怖に顔をゆがめた。悲鳴なのか、首を伸ばした喉から喘鳴《ぜんめい》のような音が洩れている。

「命が惜しかったら、おとなしくするんだな」

玄泉がふところから手ぬぐいを取り出し、政造に猿轡《さるぐつわ》をかませた。そして、政造の肩口を押さえると、戸口にいる彦六と浜吉を呼んだ。

「あっしらの、出番ですかい」

入ってきた彦六は、ふところから細引を取り出すと、政造に手早く早縄をかけた。岡っ引きの彦六は、縄をかけるのが巧みだった。

「連れ出そう」

八九郎が言い、四人で政造を取りかこむようにして家の外に連れ出した。

家の外は暗かった。深くなった闇が、八九郎たちをつつんで隠してくれた。長屋の隣近所の住人のなかには気付いた者もいるかもしれないが、騒ぎ出すようなことはなかった。

八九郎たちは、政造を和泉橋の近くの桟橋で舟に乗せ、神田川から大川へ出て川下にむかった。玄泉だけは、舟に乗らなかった。異様な風体の玄泉が、大番屋に入るわけにはいかなかったのである。

永代橋をくぐってすぐに右手に水押しをむけ、日本橋川に入った。いっとき日本橋川をさかのぼり、左手の岸に舟を寄せて鎧ノ渡《よろいのわたし》近くの桟橋に舟を着けた。その辺りが南茅場町で、大番屋はすぐである。

南茅場町の大番屋は、調番所《しらべばんしょ》、調番屋などと呼ばれ、捕らえた被疑者の下吟味を行う場所である。仮牢もあり、被疑者を留め置くこともできる。

3

八九郎は大番屋に着くと、さっそく政造を調べの場に引き出した。その場に付き添ったのは、彦六と浜吉である。

八九郎は一段高い座敷に膝を折り、政造は土間に敷かれた筵《むしろ》の上に座らされた。政造は驚怖に身を顫わせていた。いきなり、大番屋に連れてこられるとは思ってもみなかったにちがいない。

「お、おめえさんは、だれなんだ」

政造は前に座った八九郎を見て、声を震わせて訊いた。見世物小屋の用心棒は、仮の姿だと気付いたようだ。

するど、政造の脇に立っていた彦六が、

「このお方は、御番所（奉行所）の与力の旦那だ」

と、政造の耳元でささやいた。

政造の顔から血の気が引いた。政造のような男には、町方同心でも震え上がるような存在だが、八九郎は同心に指図する与力だという。

「政造、おまえたちが何をしたか、あらかた分かっておる。……隠し立てすれば、それだけ罪は重くなるぞ」

八九郎が与力らしい物言いで切り出した。

「あ、あっしは、頼まれて使い走りをしただけでさァ」

政造が、声を震わせて言った。

「だれの使い走りをしたのだ」

すぐに、八九郎が訊いた。

「村野の旦那で……」

政造が、上目遣いに八九郎を見ながら言った。殺された村野のことならしゃべっても仲間を裏切ることにはならない、と踏んだようだ。

「村野とは、どこで知り合った」

「賭場でさァ。村野の旦那が用心棒をやってやしてね。顔を合わせているうちに、使い走りを頼まれるようになりやして……」

それだけ話して、政造が口をとじると、

「おめえは、黒沢といっしょに見世物小屋に踏み込んできたな。そこで、匕首を手にして、おれたちと大立まわりをしたんじゃァねえのか。……使い走りにゃァ、できねえ真似だぜ」

彦六が、なじるように言った。

「ふ、踏み込んだ勢いで、そうなっちまっただけでさァ」

政造が首をすくめながら言った。

「政造、おまえ、何か勘違いしているようだな」

八九郎が声をあらためて言った。

「へえ……」

政造が、戸惑うような顔をして八九郎を見上げた。

「おまえは犬山や有馬たちのことをしゃべらなければ、何とかなるとでも思っているのか。すでに、われらは犬山たちがだれの指示で何をしたか、すべてつかんでいる。……それに、おまえが犬山や有馬たちの顔を見ることは、二度とあるまい。隠し立てしても、どうにもならんのだ」

「…………」

政造の顔が紙のように白くなり、肩先が小刻みに震えだした。

「高林峰三郎が、犬山たちに指図していたのだな」

八九郎が、高林の名を出して訊いた。

「へ、へい……」

政造の肩が落ちた。隠し立てする気は失せたらしい。

「高林に命じていたのは、だれだ」

八九郎は、政造もそこまでは知るまい、と思ったが、訊いてみた。

「内村さまが、高林の旦那にいろいろと指図していたようでさァ」

政造が答えた。

「内村嘉之助だな」

八九郎は、滝江が高林に直接会って命ずることはできないので、嘉之助だろうとは思っていた。

「へい」

「おまえたちは、内村家から金をもらっていたのか」

有馬にしろ政造にしろ、ただで高林や犬山の指図で動くはずはなかった。相応の金をもらっているはずである。その証拠に、有馬などは旗本なみの身拵《みごしら》えをしていたという。

「小笠原さまからも出ていると聞きやしたが……」

政造は語尾を濁した。金の出どころは、はっきり知らないようだ。小笠原家から出ているとすれば、滝江であろう。

「それから、おまえと似たような町人の仲間がいたな」

小柄な男が、政造といっしょに見世物小屋に押し入ってきたのである。

「伊勢吉で」

「おまえの子分か」

「賭場で知り合った弟分でさァ」

「そうか。……ところで、おまえたちはどこに集まって相談していたのだ。いつも、おまえが使い走りをして、知らせていたわけではあるまい」

八九郎は、どこかに密談場所があるはずだと思った。

「小人数のときは、小磯か有馬の旦那の家に集まりやした」

「人数が多いときは？」

何人もの武士が小磯に集まれば、近所の者が不審に思うだろう。それに、有馬の塒では狭すぎる。

「高林の旦那が来るときは、湯島の吉清《よしせい》に集まることがありやした」

「料理屋だな」

八九郎は、湯島天神の門前町に吉清という老舗の料理屋があることを知っていた。内村家のある本郷からも、小笠原家のある駿河台からも遠くないので、吉清を使うことにしたのかもしれない。

「さて、犬山だが、住処《すみか》はどこだ」

八九郎が訊いた。居所が分かっていないのは、犬山と伊勢吉である。

「神田花房町でさァ」

政造によると、犬山は花房町の川田屋《かわだや》という太物問屋の裏手にある借家に住んでいるという。

「川田屋だな」

それだけ分かれば、犬山の住処はすぐにつきとめられるだろう。

さらに、八九郎は伊勢吉の塒も訊いた。伊勢吉の塒は、政造と同じ佐久間町の伝蔵《でんぞう》店《だな》という長屋だそうだ。

八九郎の吟味が一通り終わったとき、

「旦那、あっしは、包み隠さず何もかもお話ししやした。それに、あっしはだれも手にかけてねえ。……旦那のお慈悲で、ご放免ということにしちゃァもらえませんか」

政造が哀願するような声で言った。

「放免にはできんな。此度《こたび》の件はともかく、おまえは、たたけばいくらでもほこりが出るだろうからな」

遠山は白洲で政造を吟味したとしても、小笠原家の跡継ぎにかかわる件についてはまともに取り上げないだろう、と八九郎は思った。

4

政造を捕縛《ほばく》して吟味した翌日、八九郎は彦六と浜吉をつれて、佐久間町の伝蔵長屋へ出かけた。日を置かずに、伊勢吉を捕らえるためである。

夕方、政造と同じように長屋にいた伊勢吉を捕縛し、南茅場町の大番屋へ連れていって吟味した。

吟味の場に引き出された伊勢吉は口をつぐんでいたが、すでに政造が捕らえられ自白していることを知ると、しゃべり出した。ただ、ほとんど政造が話したことと変わらなかった。新たに分かったことといえば、犬山は賭場にも顔を出すような遊び人で、以前から村野とつながりがあったらしいということだけだった。

……犬山と村野は、賭場でつながったのか。

村野は賭場で用心棒をしていたらしいので、犬山とつながる機会はすくなからずあったはずだ。

「ところで、伊勢吉、おまえも高林や田島と会うことがあったのか」

伊勢吉は政造の手先のような立場で、高林や田島との接触はあまりなかったのではないか、と八九郎は思ったが、念のために訊いてみた。

「あっしも、湯島の吉清で高林の旦那たちと会ったことがありやす」

「高林は、仲間を吉清に集めることが多かったそうだな」

「へい」

「どうだ、ちかごろ、吉清に集まるような話はなかったか」

八九郎は、高林たちが吉清に集まるなら襲撃するいい機会だと思ったのだ。

「あっしと政造の兄いは呼ばれてねえが、犬山の旦那が会うような話をしてやしたぜ」

「会うのは、いつだ」

「たしか、七日だったと思いやすが」

「七日な」

今日は、五月の三日だった。となると、四日後ということになる。

……いい話を聞いた。

と、八九郎は思った。

高林や犬山たちを狙うには、絶好の機会である。


八九郎は伊勢吉の吟味を終えた翌日、彦六と浜吉に指示して、密偵たちを佐賀町の船甚に集めた。

二階の座敷に顔をそろえたのは、八九郎、沖山、玄泉、彦六、浜吉、それにおけいである。

酒肴の膳が並び、一同がいっとき酌み交わした後、

「いよいよ始末をつけるときが来たようだ」

八九郎がそう前置きし、政造と伊勢吉を捕縛して吟味して分かった小笠原家の跡継ぎにかかわる事件の子細を話した。

「それで、有馬や犬山たちを捕らえるのか」

沖山が低い声で訊いた。

「いや、ひそかに斬って始末するつもりだ」

八九郎は、相手が武士であり、しかも大身の旗本がかかわっているので町方としては手が出せないことを話した。

「お奉行は、どのようにおおせられているのだ」

さらに、沖山が訊いた。

「闇に葬れとのおおせだ。おれは、このような事件を始末するために任じられた影の与力だからな」

「始末するといっても、滝江と内村家の当主は、どうするんです。まさか、ふたりは斬れないでしょう」

おけいが、戸惑うような顔をして訊いた。

「そうだな、滝江と内村嘉之助を斬ることは、できんな。そこまですれば、闇に葬るどころか、幕閣まで揺るがすような大騒動になる」

八九郎は、滝江と内村のことは遠山にまかせようと思っていた。遠山なら、何か手を考えるはずである。

「おれたちは、だれを始末するのだ」

玄泉が、赭黒い顔で訊いた。酒がまわってきたらしい。

「犬山、有馬、高林、田島、黒沢……」

八九郎は、五人とも暗殺するつもりだった。

「日を置かずに、五人を始末したい。そうでないと、いまの塒から姿を消す者も出てくるからな」

それぞれの住処をつかんだばかりである。それに、姿を消した後も房之助の命を狙ってくるだろう。

「実は、伊勢吉が口にしたのだが、三日後の七日、湯島の吉清に高林や犬山たちが集まって密談するようなのだ」

八九郎が声をあらためて言った。

「そのとき、仕掛けるのか」

沖山が低い声で訊いた。

「そのつもりだ」

八九郎が急遽《きゆうきよ》密偵たちを集めたのは、そのためである。

「頭、吉清には何人集まるんだ」

玄泉が、ギョロリとした目で八九郎を見つめながら訊いた。

「分からん。高林と犬山の他にだれが来るのか、はっきりしないのだ」

そこまでは、伊勢吉も知らなかったのだ。

「それで、味方は」

「ここにいる六人、それに林崎と倉田にもくわわってもらうつもりだ」

「下手をすると、返り討ちに遭《あ》うぞ」

沖山がけわしい顔をして言った。

八九郎にも、沖山の懸念はよく分かった。味方は、都合八人だが、斬り合いにくわわれるのは、八九郎、沖山、林崎、倉田の四人だけである。一方、敵は、まだ人数がはっきりしないが、有馬、犬山、高林、田島、黒沢の五人が集まる可能性が高い。まともにやりあったら戦力は敵の方が上である。

「何も、吉清に集まっているところを襲撃するわけではない。その日の狙いは、高林、田島、黒沢の三人だけだ。……密談を終えて帰る途中、高林たちだけを待ち伏せて斬ればいい」

八九郎は、高林たち三人は吉清を出たところを討たねばならないが、有馬と犬山は塒が分かっているので、いつでも仕掛けられることを言い添えた。

「そういうことか」

沖山は納得したようにうなずいた。

「いよいよ三日後だな」

玄泉が声を上げた。

「今夜は、ゆっくり飲んでくれ」

そう言って、八九郎が銚子を取った。

5

吉清の戸口は格子戸で、脇に植え込みがあり、ちいさな石灯籠が置いてあった。老舗の料理屋らしい落ち着いた感じのする店である。二階の座敷から灯《ひ》が洩れ、宴席の客の談笑や女の嬌声などが聞こえていた。

すでに、湯島天神社の門前通りは暮色に染まっていたが、人影は多かった。茶屋、料理茶屋、料理屋などが通りに華やいだ灯を落とし、遊客が行き交っている。

吉清の斜向《はすむ》かいの小間物屋の脇の暗がりに、彦六、浜吉、それに倉田の姿があった。その場に身を隠して、吉清の店先を見張っていたのである。

彦六たち三人は、一刻（二時間）ほど前からこの場に身をひそめ、犬山、有馬、高林、田島、黒沢と思われる五人が、吉清に入ったのを確かめていた。彦六たち三人は、五人すべての顔を知っていたわけではないので、人相や体軀から判断した者もいる。

「そろそろ、出てくるころだ」

浜吉がつぶやくような声で言った。

「そうだな」

彦六が、店先に目をやったまま応えた。

それから、小半刻（三十分）ほど過ぎた。辺りは淡い夜陰に変わり、料理屋や料理茶屋の灯が、かがやきを増してきたように思われた。

「だれか、出てきたぞ」

吉清の店先の格子戸があいて、人影があらわれた。

「やつらだ！」

浜吉が声を殺して言った。

武士が五人。犬山たちである。女もふたりいた。女将と女中のようである。犬山たちを見送るために出てきたのであろう。

ふたりの女が、犬山たちに何か話しかけていた。つづいて、嬌声と男たちの笑い声が聞こえた。だれか、剽《ひょう》げたことでも口にしたのかもしれない。

……女将、また来よう。

という男の声が聞こえ、五人の男が戸口から離れた。

「来るぞ」

彦六が小声で言った。

犬山たち五人は、彦六たち三人がひそんでいる小間物屋の脇を通り過ぎ、いっとき歩いたところで足をとめた。

五人は何やら言葉を交わし、長身の犬山と巨漢の有馬が左手の路地へ折れた。その路地が、ふたりの住処のある神田花房町と三島町への道筋だった。これから、家へ帰るのだろう。

「睨んだとおり、分かれやしたぜ」

彦六が言った。

「よし、手筈どおり、おれは沖山どのと合流する」

と、倉田。

「あっしと浜吉は、嵐の旦那と林崎さまに」

彦六がそう言って、暗がりから通りへ出た。すぐに、倉田と浜吉がつづいた。

三人は門前通りを半町ほど歩き、倉田だけが左手の路地へ駆け込んだ。これから、倉田は駿河台にある小笠原家の屋敷の近くで待機している沖山と玄泉に合流して、黒沢を討つのである。黒沢は小笠原家の家臣なので、かならず小笠原家の屋敷へもどるはずだ。

一方、彦六と浜吉は本郷へ向かった。内村家の屋敷の近くで、八九郎と林崎が高林と田島を討つために待っているはずである。


八九郎と林崎は、内村家近くの空き地の笹藪の陰にいた。そこは、以前八九郎と林崎が黒沢の跡を尾けてきて、内村家の屋敷を見張った場所である。

すでに、辺りは夜陰につつまれていたが、静かな月夜で、提灯はなくとも通りの人影は識別することができた。通り沿いには大小の旗本屋敷がつづき、夜陰のなかにひっそりと沈んでいる。

そのとき、足音がした。通りの先に黒い人影がふたつ、月光に浮き上がったように見えた。彦六と浜吉のようだ。

ふたりは、八九郎たちのそばに駆け寄ってきた。よほど急いで来たと見え、ふたりの顔に汗が浮き、肩で息していた。

「き、来やす！」

彦六が息をはずませながら言った。

「ふたりか」

八九郎が訊いた。

「へ、へい。……高林と田島でさァ」

「倉田はどうした」

脇から、林崎が訊いた。

「倉田の旦那は、駿河台へ」

「よし、手筈どおりだ」

八九郎は通りの先へ目をやった。

まだ、通りに人影はなかった。武家屋敷のつづく通りは、深い静寂につつまれている。月光と星明かりに照らされた通りが、仄かな青磁色を帯びて浮かび上がったように見えていた。

「来た！」

彦六が声を殺して言った。

通りの先に黒い人影が見えた。ふたり。二刀を帯びているのが識別できる。高林と田島であろう。

ふたつの人影は、しだいに近付いてきた。ふたりの足音が、静寂を破るようにひびいている。

「まちがいなく、高林と田島だ」

林崎が人影を見すえて言った。

「おれが、高林を斬ろう」

八九郎は、林崎から高林は面長で鼻の高い男だと聞いていた。右手の男が高林らしい。月光に浮かび上がった顔で、それと分かった。

「ならば、おれが、田島を」

林崎は、手早く袴の股だちを取った。双眸が、鋭いひかりをはなっている。

彦六と浜吉はふところから十手を取り出した。闘いにはくわわらず、念のために高林たちの背後をふさぐのである。

高林と田島が近付いてきた。ふたりは足早に、八九郎たちの前に迫ってくる。

「行くぞ」

八九郎が小声で言って通りへ走り出た。

つづいて、林崎も笹藪の陰から飛び出した。

八九郎と林崎は左手で刀の鯉口を切り、右手を柄に添えて高林たちの前に疾走した。

6

高林と田島は、いきなり走り寄ってきた八九郎と林崎を見て、その場につっ立った。ふたりの顔が、恐怖でこわばっている。

「な、何者だ！」

高林が声を震わせて叫んだ。

かまわず、八九郎と林崎はふたりの前に迫った。

「う、うぬは、林崎！」

田島が声を上げた。林崎のことを知っているようだ。

「われらを斬る気か！」

高林が叫んで、刀に手をかけた。

逃げるつもりはないようだった。いや、彦六と浜吉が背後にまわったのを見て、逃げられないとみたのであろう。

八九郎は、高林の前に立ちふさがった。ふたりの間合はおよそ四間（約七・三メートル）。まだ、斬撃の間合からは遠かった。

「うぬは、何者だ」

高林がうわずった声で誰何した。

「おぬしたちのような者を始末する、影の与力とでも思ってもらおうか」

八九郎は、ゆっくりとした動作で抜刀した。高林を見すえた双眸が夜陰のなかで底びかりし、身辺には剣の遣い手らしい凄みがただよっていた。

「お、おのれ！」

高林が目をつり上げて抜刀した。

八九郎にむけられた高林の刀身が震えて月光を乱反射し、青白い光芒のように見えた。刀身が震えているのは、興奮と恐怖で体が硬くなっているからだ。

八九郎は青眼に構えた。ゆったりとした構えで、切っ先がピタリと高林の目線につけられている。おそらく、高林は剣尖が目の前に迫ってくるような威圧を感じているはずである。

つつつ、と八九郎が足裏を擦《す》るようにして高林との間合をつめ始めた。

間合がつまるにつれて、高林の構えが高くなった。八九郎の剣尖の威圧で、高林の腰が浮き、肩に力が入ったためである。

ふいに、八九郎は一足一刀の間境の手前で寄り身をとめ、全身に気勢を込めて斬撃の気配を見せた。

と、高林の顔が恐怖にゆがみ、体が沈んで刀身が浮いた。八九郎が斬り込んでくると見て、身が竦《すく》んだのだ。

イヤアッ！

ふいに、高林が甲走った気合を発し、斬り込んできた。追いつめられた者の捨て身の一撃である。

振りかぶりざま、真っ向へ。

だが、鋭さも迅《はや》さもなかった。八九郎には、緩慢な動きに見えた。八九郎は右手に体《たい》をひらきざま、刀身を横一文字に一閃《いっせん》させた。

ビュッ、と高林の首筋から血が飛んだ。

首ががっくりと後ろにかしぎ、血を噴出させながら高林は前に泳いだ。八九郎の一《いっ》颯《さつ》が、高林の首を深くえぐったのである。

高林は数歩前に泳ぎ、足をとめてつっ立ったが、すぐに腰から沈み込むように転倒した。悲鳴も呻き声も聞こえなかった。俯《うつぶ》せに倒れた高林の首筋から流れ出た血が地面を打ち、物悲しい音をたてている。

八九郎は林崎に目を転じた。

鋭い気合がひびき、林崎が田島に斬り込んだところだった。

踏み込みざま袈裟へ。閃光が夜陰を切り裂いた。

ギャッ！　という絶叫を上げて、田島がのけ反った。肩から、血が火花のように飛び散った。田島は血を撒《ま》きながらよろめき、夜陰のなかに沈むように倒れた。

低い唸り声が聞こえた。田島は地面を這いながら、起き上がろうとして首をもたげている。

すかさず、林崎が田島の背後に近付き、背中から切っ先を突き刺した。

グッ、という喉のつまったような呻き声を洩らし、田島は背を反らせたが、すぐに地面につっ伏して動かなくなった。

田島の背中から噴出した血が、着物を赤く染めていく。林崎は背後から田島の心ノ臓を突き刺したのである。

「みごとだ」

八九郎が林崎に歩を寄せて言った。

「おぬしこそ」

林崎は返り血を浴びた顔を手の甲でぬぐいながら言った。双眸が異様にひかり、唇が血を含んだように赤かった。人を斬殺したことで、気が昂《たかぶ》っているのである。

「旦那ァ！」

彦六と浜吉が、八九郎たちのそばに駆け寄ってきた。

ふたりの顔には、興奮と安堵《あんど》の入り交じったような表情があった。

「さて、これから一仕事だ」

八九郎が刀身を鞘に納めながら言った。

「彦六と浜吉にも手伝ってもらうぞ」

「へい」

八九郎は地面に横たわっている高林の両肩をつかんだ。

すると、彦六が高林の両足の膝のあたりに手をまわして、ふたりで高林の死体を抱え上げた。林崎と浜吉も、同じように田島の死体に持ち上げた。

これから、斬殺した高林と田島を内村家の門前へ運んで、横たえておくのである。

高林たちを討つ前から、そうする手筈になっていたのだ。

　ふたりの死体を通りに放置しておくことはできなかったし、内村嘉之助への見せしめでもあった。内村はふたりの斬殺死体を見て、何が起こったか察知するであろう。そして、自分も狙われるのではないかと思い、震え上がるはずだ。むろん、町方や幕府の目付筋に訴えることはできない。

　ふたりの死体を門前に横たえると、

「長居は無用」

　八九郎が声をかけ、四人の男は足早にその場を離れた。

7

　沖山、玄泉、倉田の三人は、昌平橋に近い神田川沿いの通りにいた。岸辺の柳の樹陰に身を隠している。そこは、小笠原家へつづく道筋だった。黒沢が通りかかるのを待っていたのである。

「そろそろ、来るはずです」

　倉田が沖山に言った。

「黒沢ひとりだな」

沖山が通りの先に目をやったまま訊いた。

「ひとりのはずだ」

「ならば、おれひとりで相手をする。おぬしは、玄泉とふたりで、黒沢の背後にまわってくれ」

沖山は、倉田に黒沢の逃げ道をふさいでもらおうと思ったのである。

「承知した」

倉田が言うと、脇にいた玄泉もうなずいた。

「来たぞ！」

玄泉が低い胴間声で言った。

通りの先に、黒い人影が見えた。まだ、ぼんやりとした輪郭だけだが、二刀を帯びていることは分かった。

人影はしだいに近付いてきた。羽織袴姿であることが見てとれた。黒沢のようである。

沖山たちは樹陰に身をひそめたまま黒沢が近付くのを待った。
五、六間（約九〜十一メートル）に迫ったとき、いきなり沖山が黒沢の前に走り出た。玄泉と倉田が、黒沢の背後にまわり込む。

「な、何者だ!」

黒沢がひき攣ったような声を上げた。見開いた両眼が、夜陰のなかに白く浮き上がったように見えた。

「黒沢与次郎、うぬの命をもらいうける」

言いざま、沖山が抜刀した。

刀身が月光を反射て《はね》銀色《しろがねいろ》にひかった。

「おのれ!」

黒沢が刀を抜いた。

沖山にむけられた切っ先が、ビクビクと動いている。恐怖と興奮で、体が顫えているのだ。

沖山は八相に構えた。腰の据わった隙のない構えである。

一方、黒沢は青眼に構えたが、剣尖が高く、腰が浮いていた。チラッと、黒沢が背後に目をやり、反転して逃げるような素振りを見せたが、背後をかためている玄泉と倉田の姿を目にしたらしく、ふたたび沖山に目をむけた。

「行くぞ!」

言いざま、沖山は足裏を擦るようにして黒沢との間合をつめ始めた。

ふたりの間合が、斬撃の間境に迫ったとき、いきなり黒沢が仕掛けてきた。沖山の威圧に耐えられなくなったようだ。

イヤアッ！

黒沢が気合とも悲鳴ともつかぬ甲走った声を上げ、振りかぶりざま真っ向へ斬り込んできた。だが、腰の浮いた威力のない斬撃だった。

タアッ！

鋭い気合とともに、沖山が刀身を八相から袈裟に振り下ろした。

真っ向と袈裟。ふたりの刀身が、眼前で合致した。

キーン、という甲高い金属音とともに夜陰のなかに青火が散り、ふたりの刀身がはじきあった。

次の瞬間、黒沢の腰がくだけてよろめいた。沖山の鋭い斬撃に押されたのである。

「もらった！」

間髪をいれず、沖山が斬り込んだ。

ふたたび、袈裟へ。

切っ先が、よろめいた黒沢の肩をとらえた。

ザクリ、と着物が裂け、黒沢の肩口から血がほとばしり出た。黒沢は絶叫を上げ、血飛沫《しぶき》を上げながら、さらに後ろへよろめいた。

ふいに、黒沢が尻餅をついた。後ろへよろめいたとき、踵が石にでもひっかかったらしい。

黒沢は尻餅をついたまま上体をよじり、首を激しく振った。恐怖で錯乱したのかもしれない。

すかさず、沖山が正面から迫り、

「とどめだ！」

と一声上げて、切っ先を黒沢の胸に突き刺した。

グッ、と喉をつまらせ、黒沢は尻餅をついた格好のまま上体をのけ反らせた。

数瞬、沖山は切っ先を突き刺したまま動きをとめていたが、後ろに身を引きざま刀身を引き抜いた。

ビュッ、と黒沢の胸から血が赤い帯のようにはしった。沖山の切っ先が心ノ臓をとらえ、抜いた拍子に血が噴き出したのである。

黒沢はがっくりと首を垂れ、血を噴出させながら尻餅をついていたが、いっときすると血の噴出はとまった。心ノ臓の鼓動がとまったのである。

黒沢は尻餅をついたまま動かなかった。血まみれになったまま、尻餅をついている。

沖山は血ぶり（刀身を振って血を切る）をくれ、ゆっくりとした動きで納刀した。

「みごとな腕だ」

近寄ってきた玄泉が言った。

沖山も黒沢の凄絶な死体に目をやり、驚嘆したように目を剝いている。

「死骸《ほとけ》を屋敷まで運ぶのか」

玄泉が訊いた。

「そうすることになっている」

沖山たちも、黒沢の死体を小笠原家の門前まで運んでおくことになっていた。滝江への見せしめのためである。

「早いとこ、片付けよう」

そう言って、玄泉が尻餅をついている黒沢の後ろにまわり込むと、屈み込んで黒沢の両脇に腕を差し入れた。

「よし、おれが足を持とう」

倉田が黒沢の両足をもった。

沖山たち三人は夜陰にまぎれて、黒沢の死体を運んでいく。夜気のなかに、血の濃臭が残っている。

第六章　鬼の剣

1

「嵐の旦那、家にいるのは有馬だけじゃァねえようですぜ」

彦六が、八九郎に身を寄せて言った。

八九郎、沖山、彦六、浜吉の四人が、三島町の有馬の住む仕舞屋のそばに来ていた。

高林たちを討ち取った翌日である。日を置かずに、有馬と犬山を討つため、まず有馬の住む三島町に足を運んできたのだ。

仕舞屋から半町ほどの距離まで来たとき、彦六が、あっしが有馬がいるかどうか見てきやしょう、と言い残し、仕舞屋をかこった板塀のそばまで行き、家の様子を窺ってもどってきたのである。

「話し声が聞こえたのか」

八九郎が訊いた。

「へい、男の話し声が聞こえやした」

「犬山が来ているのではないか」

脇にいた沖山が、口をはさんだ。

「そうかもしれん」

政造と伊勢吉を捕らえ、高林たちを討ったいま、有馬の家に訪ねて来て話し込んでいるとすれば、犬山のほかにはいないだろう。

「ならば、ここで、犬山も討とう」

沖山が言った。

八九郎たちは、今日のうちに有馬を討ち、明日の早朝に犬山を討つつもりでいた。ここで、ふたりを始末できれば、それにこしたことはない。

「おれに、有馬を討たせてくれ」

八九郎は、自分の手で有馬を斬るつもりでここに来ていたのだ。

「ならば、おれが犬山を斬る」

沖山が顔をけわしくして言った。

八九郎はうなずき、有馬の住む仕舞屋に足をむけた。沖山が肩を並べて歩き、彦六と浜吉が跟《つ》いてきた。

八九郎は板塀に身を寄せると、家のまわりに目をやった。立ち合いの場を探したのである。家に面した路地は狭いし、通行人が目にして騒ぎだす恐れもあった。家の脇に狭い庭があったが、四人で立ち合えるほどのひろさはなかった。それに、柿と梅の木が枝を伸ばしているので、存分に刀をふるうことはできないだろう。

「沖山、立ち合いの場だが、裏手しかないな」

家の裏手は空き地になっていた。膝ほどの高さに雑草が茂っている。ただ、空き地のなかに小径があり、その先の路地へ通じるようになっていた。その小径の辺りなら、草丈も高くない。それに、裏手の板塀に枝折り戸があって、小径に出られるようになっていた。有馬たちを連れ出すにも容易であろう。

「そうだな」

沖山も、裏手の空き地しか立ち合いの場はないと踏んだようだ。

そのとき、ふいに障子のあく音がした。板塀の隙間からなかを覗くと、縁先に巨漢の男が姿を見せた。有馬である。

「犬山、そろそろ暮れ六ツ（午後六時）だぞ、一杯やらんか」

有馬が西の空に目をやりながら言った。陽の沈みぐあいを見たらしい。

「いいな」

座敷で、男の声が聞こえた。犬山であろう。

ふたりのやり取りには、退屈を持て余しているようなひびきがあった。高林たちが始末されたことは、知らないようだ。

有馬はすぐに座敷にもどり、障子をしめてしまった。

「行くぞ」

八九郎が小声で言った。

「よし」

八九郎と沖山は、家の前から庭へまわった。有馬と犬山を裏手の空き地に呼び出すためである。

彦六と浜吉は、板塀際に残った。ふたりがいっしょに行っても、立ち合いの足手纏《あしてまと》いになるだけなのだ。

八九郎たちが庭に立つと、障子の向こうが急に静かになった。物音も話し声を聞こえなかった。有馬たちは、外の様子をうかがっているようだ。おそらく、八九郎たちが庭にまわる足音に気付いたのであろう。

「有馬、犬山、姿を見せろ!」

八九郎が声を上げた。

すると、障子の向こうで人の立ち上がる気配がし、障子があいた。姿を見せたのは巨漢の有馬と長身の犬山である。ふたりは、大刀を手にしていた。咄嗟に、そばにあった刀をつかんで立ち上がったのだろう。

ふたりは庭に立っている八九郎と沖山を見て、驚いたような顔をしたが、すぐに表情を消した。

「おれたちを討ちにきたのか」

有馬が訊いた。

「いかにも」

八九郎は有馬を見すえて言った。

「ふたりだけでか」

有馬は周囲に目をやり、他に人影がないのが分かると、口元に薄笑いを浮かべた。返り討ちにできると踏んだのかもしれない。

「ふたりで、十分だ」

「返り討ちにしてくれるわ」

有馬が歯を見せて笑った。すると、犬山も口元に薄笑いを浮かべた。

「おぬしたちは知るまいが、昨夜、おれたちの手で、高林、田島、黒沢の三人を始末したぞ」

八九郎が言った。

「なに！」

有馬と犬山の顔から笑いが消えた。犬山の顔が憤怒にゆがみ、赭黒く紅潮してきた。ギョロリとした目が、睨むように八九郎を見すえている。

「おぬしらを斬る前に、訊いておきたいことがある」

八九郎が言った。

「なんだ」

「おぬしらは金のためだけで、内村家の指図に従って兇刃をふるったのか」

犬山はともかく、有馬ほどの遣い手なら町道場をひらいてもやっていけるだろう。それに金のためだけだったら、殺しを請け負えばいいはずだが、高林たちと頻繁に接触していたようなのだ。有馬は高林たちの密談にもくわわっていたし、高林が有馬の家を訪ねることもあったらしいのだ。

「金だ」

有馬が吐き捨てるように言った。

「金だけではあるまい」

さらに、八九郎が訊くと、

「いいだろう。うぬらふたりの冥途《めいど》の土産《みやげ》に、おれが話してやる」

と言って、犬山が縁側に出てきた。

「いずれ、内村家当主の次男の竹次郎《たけじろう》さまを滝江さまの娘の琴江さまに婿入りさせるつもりなのだ。そうすれば、内村家二千石はもとより、小笠原家三千石も嘉之助さまの意のままになろう」

「なに！」

思わず、八九郎は声を上げた。房之助を暗殺してまで、養子話を頓挫《とんざ》させようとした裏には、内村の強欲な野望があったようだ。内村家で金を出し、高林や田島などの家士がくわわっていたのも、内村の強い指示があったからであろう。

八九郎は林崎から、内村家には竹次郎という次男がいると聞いていたが、まだ元服を終えたばかりだと知り、まったく琴江とつなげてみなかったのだ。だが、形だけの婿入りなら、年齢は関係ない。

「すると、房之助の暗殺を持ち出したのは、嘉之助か」

八九郎が声を大きくして訊いた。

「どっちとも言えんな。滝江さまにしても、竹次郎さまが琴江さまの婿になって小笠原家に入ってくれれば、こんな都合のいいことはないからな」

「うむ……」

どうやら、内村と滝江の兄妹による陰謀のようである。

「われらもな、竹次郎さまと琴江さまの祝儀が決まれば、高い禄で迎えられることになっていたのだ。……有馬が望めば、道場を建てる資金も都合する約定《やくじょう》もある」

犬山がしゃべった。冥途の土産に聞かせてやると言ったのは、この場で八九郎と沖山を始末する自信があるからだろう。

「そういうことか」

八九郎は、事件の全貌がはっきりと見えたような気がした。

2

「ここで、やる気か」

有馬が八九郎を見つめたまま訊いた。

「ここは狭すぎる。裏手がいいだろう」

「よかろう」

有馬は手にした大刀を腰に帯びた。

犬山も帯刀し、沖山の動きに目をくばりながら縁先から庭に下りた。

四人は庭から裏手の空き地にまわり、小径のそばの丈の低い叢《くさむら》のなかに立った。

それほど足場は悪くなかった。足を取られるような雑草の株や蔓草がなかったのである。

空き地は淡い夕闇につつまれていた。風があり、雑草がそよいでいた。他に人影はなく、聞こえてくるのは、風音だけである。

八九郎は、有馬と大きく間合を取ると、すばやく袴の股だちを取った。有馬も同じように股だちを取っている。

「有馬、行くぞ！」

八九郎が声を上げた。

「おお！」

有馬は八九郎と対峙した。

八九郎は八相に構えた。これまで、脳裏に描いた有馬と立ち合ってきたときの構えである。

対する有馬は、切っ先を横にむけて刀身を水平に寝せる横霧の構えをとった。

ふたりの間合は、およそ四間。まだ、斬撃の間からは遠かった。

……刀身のひかりを斬る！

八九郎は胸の内でつぶやいた。

有馬に首を襲う二の太刀をふるわれたら勝機はなかった。二の太刀をふるわせないよう、胴を狙ってくる初太刀を打ち落とすのである。そのためには、初太刀の刀身のきらめきを斬らねばならない。


一方、沖山は八九郎たちとはすこし離れた場所に立ち、犬山と相対した。

沖山はゆっくりとした動きで抜刀すると、青眼に構えて切っ先を犬山の目線につけた。夕闇のなかに、沖山の表情のない顔が浮かび上がったように見えていた。

対する犬山は、八相に構えをとった。刀身を垂直に立てた大きな構えである。その長身とあいまって、上からおおいかぶさってくるような威圧がある。

「おぬし、できるな。名は」

犬山が訊いた。

「沖山小十郎」

沖山は隠さなかった。どうせ、どちらかが死ぬのである。

「流は？」

さらに、犬山が訊いた。

「一刀流」

「おれは、心形刀流《しんぎょうとうりゅう》を遣う」

「そうか」

沖山は、相手が何流でもそれほど気にしなかった。多くの修羅場をくぐってきた沖山は、真剣勝負において、道場中心の剣術は何流でも大差ないとみていたのだ。

「行くぞ！」

犬山が爪先で、雑草を分けるようにして間合をつめ始めた。

ザッ、ザッ、と犬山の足元で雑草が踏まれる音がした。

対する沖山は動かなかった。気を鎮めて、犬山の斬撃の起こりをとらえようとしていた。

ふたりの間合がしだいにせばまってくる。それにつれ、沖山の全身に気勢が満ち、斬撃の気がみなぎってきた。

ふいに、犬山の寄り身がとまった。まだ、一足一刀の間境の外である。犬山は、身じろぎもしない沖山に、このまま斬撃の間に踏み込むのは、危険だと察知したにちがいない。

イヤアッ！

突如、犬山が裂帛の気合を発した。気当《きあ》てである。激しい気合を発し、沖山の気を乱そうとしたのだ。

だが、沖山の気は乱れなかった。それどころか、気合を発したことで犬山の八相の構えが揺れた。

その一瞬の隙を沖山がとらえた。

つ、と沖山が右足を前に出しざま、剣尖を下げた。先に仕掛けたのである。

刹那、沖山の全身に剣気がはしり、体が躍動した。

タアッ！

沖山の鋭い気合とともに閃光が大気を切り裂いた。

青眼から袈裟へ。稲妻のような斬撃である。

間髪をいれず、犬山も気合を発し、体を躍動させた。

八相から真っ向へ。

袈裟と真っ向。ふたりの刀身が眼前で合致した。刹那、キーン、という甲高い金属音がひびき、二筋の閃光が撥ね返った。

次の瞬間、沖山が二の太刀をはなった。刀身を返しざま、ふたたび袈裟へ。流れるような体捌きからの神速の二の太刀だった。

一瞬、遅れて、犬山も二の太刀をふるった。体を引きざま、胴へ。だが、やや間合が遠かった。

ザクリ、と犬山の肩先の着物が裂けた。一方、犬山の切っ先は、沖山の脇腹をかすめて空を切った。

ふたりは、大きく背後に飛んで間合を取ると、ふたたび青眼と八相に構えあった。

犬山のあらわになった肩から血がほとばしり出た。見る間に、裂けた着物を血に染めていく。

「お、おのれ！」

犬山の顔が怒りと激痛でゆがんだ。

だが、犬山の闘気は衰えなかった。八相に構えた犬山の全身に気勢が満ち、斬撃の気配がみなぎっている。

「すこし、浅かったようだな」

沖山がつぶやくような声で言った。

青眼に構えた沖山は、相変わらず無表情だった。

3

八九郎と有馬は、およそ三間半の間合をとって対峙していた。八九郎は八相。有馬は横霧の構えである。

有馬の全身に剣気が高まり、斬撃の気配が満ちてきた。双眸が淡い夕闇のなかで底びかりしている。いかつい顔が激しい気勢で、赭黒く紅潮していた。鋭い双眸とあいまって、鬼のような面構えである。

八九郎の顔にも剣客らしい凄みがあった。表情がひきしまり、有馬を見すえた双眸が切っ先のようにひかっている。

「嵐、おれの横霧を受けてみろ！」

言いざま、有馬が間合をつめ始めた。

ズッ、ズッ、と爪先で叢を分けていく。しだいに、ふたりの間合がせばまり、さらに剣気が高まってくる。

八九郎は動かなかった。気を鎮めて、有馬の初太刀の起こりをとらえようとしていた。おそらく、一瞬の反応の迅さが勝負を決するだろう。

有馬が斬撃の間境に迫ってきた。その巨軀が、さらに大きくなったように見えた。巨岩で押してくるような迫力がある。

八九郎は有馬の威圧に耐えた。威圧に押されて気が乱れれば、一瞬の反応が遅れるだけでなく、斬撃の鋭さも失われるのだ。

ふいに、有馬が寄り身をとめた。すでに右足が斬撃の間境にかかっている。

有馬の構えに気魄がみなぎり、斬撃の気配があらわれた。

……来るな！

八九郎は頭のどこかで感知した。

刹那、ふいに有馬の全身が膨れ上がったように見え、斬撃の気がはしった。

タアリァ！

裂帛の気合とともに、有馬の巨軀が躍動した。

次の瞬間、有馬の手元から閃光が横一文字に疾《はし》った。

タアッ！

間髪をいれず、八九郎が八相から閃光めがけて斬り下ろした。神速の一刀だった。

鋭い金属音がひびき、青火が散って、二筋の光芒が上下へ流れた。

……斬った！

と、八九郎は感知した。

次の瞬間、有馬の巨軀がくずれるようによろめいた。同時に、八九郎の腰が揺れた。強い斬撃をはじき合ったことで、ふたりとも体勢をくずしたのだ。

だが、八九郎は体勢をくずしながら、二の太刀を横にはらった。一瞬の反応である。八九郎は両者の体勢のくずれを予想し、上体だけで二の太刀をふるったのだ。

バサッ、と有馬の左袖が裂け、あらわになった二の腕から血がほとばしり出た。横に払った八九郎の一颯《いっさつ》が、有馬の腕をとらえたのだ。

ふたりは後ろに跳んで、ふたたび八相と横霧の構えをとった。

「横霧、見切ったぞ」

八九郎が低い声で言った。

「まだだ！」

叫びざま、有馬は腰を沈め、横に構えた刀身をわずかに背後に引いた。初太刀の斬撃を強くしようとしているのだ。はじき合ったとき、より大きく八九郎の体勢をくずすためである。

だが、後ろに引いた刀身が、かすかに揺れていた。左の二の腕に斬撃を浴びたことで、左手に力が入らないのだ。それに、気が異様に高まり、体が硬くなっている。

……勝てる！

と、八九郎は思った。

体が硬くなると、反応が遅れ、斬撃の鋭さが失われるのだ。おそらく、横霧の威力も半減するはずである。

「行くぞ！」

今度は八九郎から間合をつめ始めた。

サササッ、と叢が音をたてた。八九郎は摺り足で、素早い寄り身をみせた。一気に、有馬との間合がせばまった。

一足一刀の間境の手前で、いきなり八九郎が仕掛けた。切っ先のとどかない遠間である。

タアッ！

タアリァ！

ふたりの気合が、ほぼ同時に静寂を破り、体が躍《おど》った。

八九郎が八相から袈裟へ。

有馬が横霧の構えから横一文字へ。

二筋の閃光が空を切り裂いて、交差した。遠間からの斬撃のため、ふたりの切っ先は敵にとどかなかった。捨て太刀といってもいい。

間髪をいれず、八九郎が二の太刀をはなった。流れた刀身を返しざま横一文字に。首を狙って刀身を払ったのである。

有馬も二の太刀をはなったが、体勢がくずれ、太刀筋がわずかに狂った。体の硬さが、柔軟な体捌きを失わせたのだ。

有馬の切っ先は、八九郎の肩先をかすめて空を切った。

次の瞬間、有馬の首がかしぎ、首根から血が赤い帯のようにはしった。八九郎の切っ先が、首の血管《ちくだ》を斬ったのだ。

有馬は血を撒きながら、前によろめいた。何とか足をとめ、反転しようとしたとき、有馬の巨体が大きく揺れた。そして、巨木が倒れるように転倒した。

有馬は叢のなかにつっ伏し、上体をわずかにもたげて四肢をゴソゴソと動かした。前に這おうとしているらしい。

有馬は、蟇《ひき》の鳴き声のような低い呻き声を上げ、四肢を動かしていたが、いっときすると動かなくなった。首筋から流れ落ちた血が、叢のなかで虫でも這っているような音をたてている。

……鬼を斬った！

八九郎は、胸の内でつぶやいた。まさに、有馬は刹鬼《せつき》のような男であった。その男を仕留めたのである。

八九郎は血刀をひっ提げたまま沖山に目をやった。


沖山は、まだ犬山と対峙していた。沖山は青眼、犬山は八相である。

だが、すでに勝負はついているといってもいい。犬山の上半身は血まみれだった。着物が肩から胸にかけて大きく裂け、赤く染まっている。

犬山の顔が、ひき攣《つ》ったようにゆがんでいた。八相に構えた刀身が揺れ、腰がふらついている。

沖山が青眼に構えたまま摺り足で間合をつめ始めた。素早い寄り身である。

犬山は逃げようとして後じさり、踵を草株にとられて体がよろめいた。

すかさず、沖山が斬り込んだ。

タアッ！

裂帛の気合とともに青眼から真っ向へ。迅雷《じんらい》のような斬撃だった。

咄嗟に、犬山は斬撃を受けようとして刀身を振り上げたが、間に合わなかった。

沖山の切っ先が、犬山の真っ向をとらえた。

にぶい骨音がし、犬山の額から鼻筋にかけて血の線がはしり、額が割れて血と脳漿《のうしょう》が飛び散った。沖山の一撃が、犬山の頭蓋を割ったのだ。

犬山は腰から沈むように倒れた。悲鳴も呻き声も上げなかった。血の噴出する音が、かすかに聞こえるだけである。

沖山は倒れた犬山の脇に立ち、大きくひとつ息を吐いた。人を斬殺したことで紅潮した顔が、いつもの表情のない顔にもどっていく。

八九郎は沖山に歩を寄せ、

「みごとな剣だ」

と、声をかけた。

「おぬしこそ。横霧を破ったのだからな」

沖山が抑揚のない声で言った。

そこへ、彦六と浜吉が駆け寄ってきた。八九郎と沖山が無事と知って、ふたりの顔に安堵の表情が浮いた。

「ふたりとも、血だらけで、鬼みてえな顔をしてやすぜ」

彦六が冷やかすように言った。

八九郎と沖山の顔が、返り血を浴びて赭黒く染まっていたのだ。

「鬼は、成敗したばかりだ」

そう言うと、八九郎は手の甲で返り血をぬぐった。

4

「ねえ、どうしても、お屋敷にもどるの」

お京が、残念そうに言った。

寅次一座の小屋の裏手にある楽屋だった。八九郎がふだん寝起きしている垂らした莫蓙でかこわれた部屋である。部屋といっても、軽業に使う道具類が置かれ、納屋のような場所だった。

その部屋に、八九郎、お京、房之助、それに林崎と倉田が姿を見せていた。房之助は、小屋に身を隠していたころの軽業師の格好ではなく、以前の若侍の姿にもどっていた。髷も武士らしく結いなおしている。

八九郎たちが、高林や有馬たちを討ち取って半月ほど過ぎていた。房之助は小笠原家へ養子として入る日が決まり、いったん実家の滝山家へもどることになったのだ。

長門守はこうした騒動が起こるのも房之助の立場が曖昧だからだと考え、小笠原家が落ち着き次第、房之助を養子として屋敷内に迎える断を下したのである。

「両国へ来たら、また小屋に寄らせてもらいます」

房之助も、このまま小屋を出るのは心残りなのか、寂しげな表情があった。

「もうすこし稽古すれば、舞台に立てるようになれるのに」

お京が言った。

お京や若い軽業師は、房之助と年齢が近いこともあって、すぐに馴染み、自分たちの軽業の稽古に房之助もくわえ、とんぼ返りを教えたり、低い所に張った綱を渡らせたりしていた。ほんの座興だが、房之助もおもしろがってやっていたのだ。

「房之助の舞台は、別の場所にあるのだ」

八九郎が言った。いずれ近いうちに、房之助は小笠原家の跡継ぎとして、新たな舞台に立つことになるだろう。

「そうね」

お京も、房之助が大身の旗本の養子になることは知っていた。

「ところで、内村嘉之助の様子はどうだ」

八九郎が声をあらためて訊いた。

「あれ以来、屋敷に籠っているようだ」

林崎が、内村家の中間から聞いたことだが、と前置きして話しだした。

内村は斬殺された高林と田島を見て震え上がったという。そして、自分も殺されるのではないかと思い、怯えているそうだ。

「内村が屋敷で謹慎しているのは、そればかりではないようだぞ」

八九郎が声をひそめて言った。

「他にも何かあるのか」

林崎が訊いた。脇に座している倉田も八九郎に目をむけている。

「噂だが、内村家は家禄を減らされるようだ。それで、内村はできるだけお上に恭順な態度を示し、減石をすくなくしようとして屋敷に籠っているのだろう」

「なにゆえ、お上は内村家を減石するのだ」

林崎は腑に落ちないような顔をした。

「理由は、武士道不行届きとのことだ。内村が若いころ廓通《くるわ》いをしたことが露見して咎められたようだ」

「…………」

林崎は腑に落ちないような顔をした。無理もない。いまになって、若いころの廓通いを咎められるなどあまりに不自然である。それに、武士道不行届きなどという理由は、あってなきがごとしである。

「むろん、それは表向きの理由だ。……お上にも、伏せておきたい事情があるのだろうよ」

八九郎は曖昧な物言いをした。

実は、八九郎は五日前、北町奉行所の奉行の役宅を訪ね、遠山からその後の長門守の様子や幕閣の動きなどを聞いていたのだ。

八九郎は高林や有馬を討った後、遠山に事件の経過をすべて話してあった。遠山はそのことを胸に置いて長門守と会い、房之助にかかわる陰謀のあらましと、その懸念が取り除かれたことを話した。ただ、遠山も滝江のことは口にしなかったようだ。長門守の夫婦間の問題もあるので、遠慮したのだろう。それに、遠山が言わなくても、長門守は滝江が事件にからんでいたことは、気付いているはずである。

遠山から話を聞いた長門守は、ただちに房之助を養子として迎え入れることを決めるとともに、内村嘉之助を処罰するために幕閣に働きかけた。幕閣も長門守の要望を受け入れ、小笠原家の跡継ぎにかかわる騒動には目をつむり、嘉之助の若いころの放蕩を取り上げて家禄を減ずるという穏便な処置を取ったらしいのである。

「いい始末かもしれんな」

林崎がうなずいた。林崎には小笠原家の立場が分かっていたので、それ以上は訊かなかった。

「滝江さまには何の沙汰もないが、いずれ滝江さま自らご判断なされよう」

滝江は娘の琴江が他家に嫁ぎ、房之助が当主になれば、剃髪して小笠原家を出るのではあるまいか。それも、遠い先ではない。

八九郎が口をつぐんでいると、黙って話を聞いていた房之助が、

「嵐どのには命を助けていただいただけでなく、長い間、わたしの身を守っていただき、心よりお礼を申し上げる」

と言って、神妙な顔をして頭を下げた。

「いや、房之助どのを守ったのは、ここにいる林崎どのや倉田どのだ」

八九郎が照れたような顔をして言った。

「林崎や倉田にも礼を言う」

房之助は、ふたりにも頭を下げた。

「房之助さま、もったいのうございます」

林崎が慌てて頭を下げると、倉田も低頭した。

三人が頭を上げるのを待ってから、

「いずれにしろ、これで、始末はついた」

と、八九郎が言った。

八九郎は訊かなかったが、林崎と倉田は房之助にしたがい、小笠原家にもついていくのではないかと思った。

それから小半刻（三十分）ほどして、林崎たち三人は腰を上げた。

「いずれ、あらためてお礼にうかがうつもりだ」

そう言い残し、林崎たちは小屋から出ていった。

小屋の外へ見送りに出た八九郎とお京は、三人の姿が広小路の雑踏のなかへまぎれていくのを見ながら、

「これで、事件の幕も下りたな」

と、八九郎がつぶやくような声で言った。

「嵐さま、また退屈な日が始まりますね」

お京がすました顔をして言った。

「そうだな」

「ねえ、軽業の稽古をしたらどう？」

お京が八九郎に顔をむけ、心底を覗き込むような目をした。

「軽業の稽古だと……」

「そうよ。座頭が言ってたんだけどね。嵐さまは体がやわらかいから、軽業の筋もいいかもしれないって。……あたしが、教えてあげる」

お京が嬉しそうな顔をして言った。八九郎に、軽業を教える気になっているようだ。

「馬鹿なことを言うな。おれには、おれの仕事がある」

八九郎はそう言って、きびすを返し、垂れている莨莚を撥ね上げた。軽業の稽古より、酒でも飲んで寝る方が増しである。

「待ってよ。難しくないんだから」

お京が、慌てて追ってきた。

了

本書は文庫書下ろし作品です

|著者|鳥羽 亮　1946年生まれ。埼玉大学教育学部卒業。'90年『剣の道殺人事件』で第36回江戸川乱歩賞を受賞。著書に『警視庁捜査一課南平班』や、『上意討ち始末』『秘剣 鬼の骨』『青江鬼丸夢想剣』『三鬼の剣』『隠猿《おぬざる》の剣』『浮舟の剣』『風来の剣』『影笛の剣』『波之助推理日記』など多くの時代小説シリーズがある。

鬼剣《きけん》　影与力嵐八九郎《かげよりきあらしやくろう》

鳥羽《とば》　亮《りょう》

講談社文庫
定価はカバーに
表示してあります

2011年1月14日第1刷発行

発行者——鈴木　哲
発行所——株式会社　講談社
東京都文京区音羽2-12-21　〒112 8001
電話　出版部（03）5395-3510
　　　販売部（03）5395-5817
　　　業務部（03）5395-3615

デザイン—菊地信義
本文データ制作—講談社プリプレス管理部
印刷———豊国印刷株式会社
製本———株式会社国宝社

Printed in Japan

ISBN978-4-06-276867-2

講談社文庫刊行の辞

二十一世紀の到来を目睫に望みながら、われわれはいま、人類史上かつて例を見ない巨大な転換期をむかえようとしている。

世界も、日本も、激動の予兆に対する期待とおののきを内に蔵して、未知の時代に歩み入ろうとしている。このときにあたり、創業の人野間清治の「ナショナル・エデュケイター」への志を現代に甦らせようと意図して、われわれはここに古今の文芸作品はいうまでもなく、ひろく人文・社会・自然の諸科学から東西の名著を網羅する、新しい綜合文庫の発刊を決意した。

激動の転換期はまた断絶の時代である。われわれは戦後二十五年間の出版文化のありかたへの深い反省をこめて、この断絶の時代にあえて人間的な持続を求めようとする。いたずらに浮薄な商業主義のあだ花を追い求めることなく、長期にわたって良書に生命をあたえようとつとめるところにしか、今後の出版文化の真の繁栄はあり得ないと信じるからである。

同時にわれわれはこの綜合文庫の刊行を通じて、人文・社会・自然の諸科学が、結局人間の学にほかならないことを立証しようと願っている。かつて知識とは、「汝自身を知る」ことにつきていた。現代社会の瑣末な情報の氾濫のなかから、力強い知識の源泉を掘り起し、技術文明のただなかに、生きた人間の姿を復活させること。それこそわれわれの切なる希求である。

われわれは権威に盲従せず、俗流に媚びることなく、渾然一体となって日本の「草の根」をかたちづくる若く新しい世代の人々に、心をこめてこの新しい綜合文庫をおくり届けたい。それは知識の泉であるとともに感受性のふるさとであり、もっとも有機的に組織され、社会に開かれた万人のための大学をめざしている。大方の支援と協力を衷心より切望してやまない。

一九七一年七月

野間省一

講談社文庫 最新刊

貴志祐介
新世界より(上)(中)(下)
1000年後の日本。見せかけの平和に支配された町が闇に飲まれる時。人類に光明はあるのか。

鳥羽　亮
鬼　剣〈影与力嵐八九郎〉
江戸の治安を守るため、影与力となった八九郎の活躍を描く第三弾。〈文庫書下ろし〉

歌野晶午
新装版　ROMMY　越境者の夢
時代を疾走して逝った歌手の隠された真実！　ROMMYとは何者だったのか？　歌野晶午の超問題作。

ヴァシイ章絵
ワーホリ任俠伝
商社勤めの普通のOLがヤクザの抗争に巻き込まれ国外脱出！　小説現代長編新人賞受賞。

東郷　隆
南　天
新たなる忠臣蔵を描いた表題作の他、異色にして本格的な歴史小説六編を収録した短編集。

本格ミステリ作家クラブ・編
法廷ジャックの心理学〈本格短編ベスト・セレクション〉
柳広司、北村薫、米澤穂信ら11作家の短編を収めたアンソロジー。〈解説・有栖川有栖〉

玄侑宗久
慈悲をめぐる心象スケッチ
賢治が苦しくとも求めた「慈悲」を、同じく文学と宗教に生きる著者が、せつなくも描く。

松本清張
新装版　紅刷り江戸噂
平穏な世の片隅でおこる、江戸市井の風俗を色濃く映した犯罪の数々。時代推理六編。

茂木健一郎 with ダイアログ・イン・ザ・ダーク
まっくらな中での対話
真っ暗闇の中につくられた自然を歩く「ダイアログ・イン・ザ・ダーク」。〈文庫オリジナル〉

講談社文芸文庫

色川武大
小さな部屋・明日泣く
解説=内藤誠　年譜=著者
鼠や虫が同居する凄惨な〈部屋〉を分身の如く愛する青年を描く幻の処女作から没年発表の作品まで二一篇。戦後の無頼の生活でも持ち続けた文学への志を示す精選集。
いN4
978-4-06-290110-9

藤枝静男
藤枝静男随筆集
解説=堀江敏幸　年譜=津久井隆
旧制八高以来の親友、平野謙、本多秋五のこと、生涯の師となる志賀直哉との出会い、医師であり作家であることの心構えなど、剛毅木訥な人柄のにじむ精選随筆集。
ふB4
978-4-06-290111-6

山本健吉
正宗白鳥　その底にあるもの
解説=富岡幸一郎　年譜=山本安見子・山本静枝
「神はあるのか、あるいはないのか」。青年時代から問いつづけてきた、白鳥文学の深層に潜む信仰と魂の問題と、作家自身の人生を、執拗に追い求めた独自の作家論。
やB4
978-4-06-290109-3

講談社文庫　目録

出久根達郎　逢わばや見ばや 完結編
出久根達郎　作家の値段
ドウス昌代　イサム・ノグチ(上)(下)〈宿命の越境者〉
童門冬二　戦国武将の宣伝術〈隠された名将のコミュニケーション戦略〉
童門冬二　日本の復興者たち
童門冬二　夜明け前の女たち
童門冬二　改革者に学ぶ人生論〈江戸グローカルの偉人たち〉
童門冬二　佐久間象山〈幕末の明星〉
童門冬二　項羽と劉邦〈知と情の組織術〉
鳥井架南子　風の鍵《キー》
鳥羽　亮　三鬼の剣
鳥羽　亮　隠《おぬ》猿《ざる》の剣
鳥羽　亮　鱗光の剣〈深川群狼伝〉
鳥羽　亮　蛮骨の剣
鳥羽　亮　妖鬼の剣
鳥羽　亮　秘剣鬼の骨
鳥羽　亮　浮舟の剣
鳥羽　亮　青江鬼丸夢想剣
鳥羽　亮　双つ龍〈青江鬼丸夢想剣〉
鳥羽　亮　吉宗謀殺〈青江鬼丸夢想剣〉
鳥羽　亮　風来の剣
鳥羽　亮　影笛の剣
鳥羽　亮　波之助推理日記
鳥羽　亮　からくり小僧〈波之助推理日記〉
鳥羽　亮　天狗の塒《ねぐら》〈波之助推理日記〉
鳥羽　亮　遠山桜〈影与力嵐八九郎〉
鳥羽　亮　浮世の果て〈影与力嵐八九郎〉
鳥越　碧　一葉
東郷　隆　御町見役うずら伝右衛門(上)(下)
東郷　隆　御町見役うずら伝右衛門・町あるき
東郷　隆　銃士伝
東郷　隆　センゴク兄弟
東郷　隆 上田信 絵　【絵解き】戦国武士の合戦心得〈歴史・時代小説ファン必携〉
東郷　隆 上田信 絵　【絵解き】雑兵足軽たちの戦い〈歴史・時代小説ファン必携〉
戸田郁子　ソウルは今日も快晴〈日韓結婚物語〉
とみなが貴和　EDGE《エッジ》
とみなが貴和　EDGE2〈三月の誘拐者〉
東嶋和子　メロンパンの真実
戸梶圭太　アウトオブチャンバラ
徳本栄一郎　メタル・トレーダー
夏樹静子　そして誰かいなくなった
中井英夫　新装版 虚無への供物(上)(下)
中井英夫　新装版 とらんぷ譚I 幻想博物館
中井英夫　新装版 とらんぷ譚II 悪夢の骨牌《かるた》
中井英夫　新装版 とらんぷ譚III 人外境《にんがいきょう》通信
中井英夫　新装版 とらんぷ譚IV 真珠《しんじゅ》母の匣《はこ》
長尾三郎　人は50歳で何をなすべきか
長尾三郎　週刊誌血風録
南里征典　軽井沢絶頂夫人
南里征典　情事の契約
南里征典　寝室の蜜猟者
南里征典　魔性の淑女牝
南里征典　秘宴の紋章
中島らも　しりとりえっせい
中島らも　今夜、すべてのバーで
中島らも　白いメリーさん
中島らも　寝ずの番

講談社文庫 目録

永嶋恵美 転落
永嶋恵美 災厄
中川一徳 メディアの支配者(上)(下)
永井均 内田かずひろ 絵 子どものための哲学対話
なかにし礼 戦場のニーナ
中路啓太 火ノ児の剣
中路啓太 裏切り涼山
中島たい子 建てて、いい？
中村文則 最後の命
編/解説 中田整一 真珠湾攻撃総隊長の回想〈淵田美津雄自叙伝〉
西村京太郎 天使の傷痕
西村京太郎 D機関情報
西村京太郎 殺しの双曲線
西村京太郎 名探偵が多すぎる
西村京太郎 ある朝 海に
西村京太郎 脱出
西村京太郎 四つの終止符
西村京太郎 おれたちはブルースしか歌わない
西村京太郎 名探偵も楽じゃない
西村京太郎 悪への招待
西村京太郎 名探偵に乾杯
西村京太郎 七人の証人
西村京太郎 ハイビスカス殺人事件
西村京太郎 炎の墓標
西村京太郎 特急さくら殺人事件
西村京太郎 変身願望
西村京太郎 四国連絡特急殺人事件
西村京太郎 午後の脅迫者
西村京太郎 太陽と砂
西村京太郎 寝台特急あかつき殺人事件
西村京太郎 日本シリーズ殺人事件
西村京太郎 L特急踊り子号殺人事件
西村京太郎 寝台特急「北陸」殺人事件
西村京太郎 オホーツク殺人ルート
西村京太郎 行楽特急《ロマンスカー》殺人事件
西村京太郎 南紀殺人ルート
西村京太郎 特急「おき3号」殺人事件
西村京太郎 阿蘇殺人ルート
西村京太郎 日本海殺人ルート
西村京太郎 寝台特急六分間の殺意
西村京太郎 釧路・網走殺人ルート
西村京太郎 アルプス誘拐ルート
西村京太郎 特急「にちりん」の殺意
西村京太郎 青函特急殺人ルート
西村京太郎 山陽・東海道殺人ルート
西村京太郎 十津川警部の対決
西村京太郎 南神威島
西村京太郎 最終ひかり号の女
西村京太郎 富士・箱根殺人ルート
西村京太郎 十津川警部の困惑
西村京太郎 津軽・陸中殺人ルート
西村京太郎 十津川警部C11を追う
西村京太郎 越後・会津殺人ルート〈追いつめられた十津川警部〉
西村京太郎 華麗なる誘拐
西村京太郎 五能線誘拐ルート
西村京太郎 シベリア鉄道殺人事件
西村京太郎 恨みの陸中リアス線

西村京太郎　鳥取・出雲殺人ルート
西村京太郎　尾道・倉敷殺人ルート
西村京太郎　諏訪《すわ》・安曇野《あずみの》殺人ルート
西村京太郎　哀しみの北廃止線
西村京太郎　伊豆海岸殺人ルート
西村京太郎　倉敷から来た女
西村京太郎　南伊豆高原殺人事件
西村京太郎　消えた乗組員《クルー》
西村京太郎　東京・山形殺人ルート
西村京太郎　八ヶ岳高原殺人事件
西村京太郎　消えたタンカー
西村京太郎　会津高原殺人事件
西村京太郎　超特急《イベント・トレイン》「つばめ号」殺人事件
西村京太郎　北陸の海に消えた女
西村京太郎　志賀高原殺人事件
西村京太郎　美女高原殺人事件
西村京太郎　十津川警部　千曲川に犯人を追う
西村京太郎　北能登殺人事件
西村京太郎　雷鳥九号《サスペンス・トレイン》殺人事件

西村京太郎　十津川警部　白浜へ飛ぶ
西村京太郎　上越新幹線殺人事件
西村京太郎　山陰路殺人事件
西村京太郎　十津川警部　みちのくで苦悩する
西村京太郎　殺人はサヨナラ列車で
西村京太郎　日本海からの殺意の風〈寝台特急「出雲」殺人事件〉
西村京太郎　松島・蔵王殺人事件
西村京太郎　四国情死行
西村京太郎　十津川警部　愛と死の伝説(上)(下)
西村京太郎　竹久夢二　殺人の記
西村京太郎　寝台特急《メモリー・トレイン》「日本海」殺人事件
西村京太郎　十津川警部　帰郷・会津若松
西村京太郎　特急《アリバイ・トレイン》「あずさ」殺人事件
西村京太郎　特急《ハイデッカー・エクスプレス》「おおぞら」殺人事件
西村京太郎　寝台特急《ロイヤル・トレイン》「北斗星」殺人事件
西村京太郎　十津川警部　姫路・千姫殺人事件
西村京太郎　十津川警部の怒り
西村京太郎　新版　名探偵なんか怖くない
西村京太郎　十津川警部「荒城の月」殺人事件

西村京太郎　宗谷本線殺人事件
西村京太郎　奥能登に吹く殺意の風
西村京太郎　特急「北斗1号」《スーサイド・トレイン》殺人事件
西村京太郎　十津川警部「悪夢」通勤快速の罠
西村京太郎　十津川警部　五稜郭殺人事件
西村京太郎　十津川警部　湖北の幻想
西村京太郎　九州新特急「つばめ」殺人事件
西村京太郎　九州特急「ソニックにちりん」殺人事件
西村京太郎　十津川警部　幻想の信州上田
西村京太郎　高山本線殺人事件
西村京太郎　十津川警部　金沢・絢爛たる殺人
西村京太郎　伊豆誘拐行
新津きよみ　スパイラル・エイジ
西村寿行　異常者
新田次郎　聖職の碑《いしぶみ》
新田次郎　新装版　武田勝頼　(一)陽の巻　(二)水の巻　(三)空の巻
日本文芸家協会編　愛染夢灯籠〈時代小説傑作選〉
日本推理作家協会編　犯罪ロードマップ〈ミステリー傑作選1〉
日本推理作家協会編　殺人現場へどうぞ〈ミステリー傑作選2〉

講談社文庫　目録

日本推理作家協会編　ちょっと殺人を〈ミステリー傑作選3〉
日本推理作家協会編　あなたの隣に犯人が〈ミステリー傑作選4〉
日本推理作家協会編　犯人たただいま逃亡中〈ミステリー傑作選5〉
日本推理作家協会編　サスペンス・ゾーン〈ミステリー傑作選6〉
日本推理作家協会編　意外や意外〈ミステリー傑作選7〉
日本推理作家協会編　殺しの一品料理《アラカルト》〈ミステリー傑作選8〉
日本推理作家協会編　犯罪ショッピング〈ミステリー傑作選9〉
日本推理作家協会編　闇のなかのあなた〈ミステリー傑作選10〉
日本推理作家協会編　どんでん返し〈ミステリー傑作選11〉
日本推理作家協会編　にぎやかな殺意〈ミステリー傑作選12〉
日本推理作家協会編　凶器は狂気〈ミステリー傑作選13〉
日本推理作家協会編　犯罪見本市〈ミステリー傑作選14〉
日本推理作家協会編　殺しのパフォーマンス〈ミステリー傑作選15〉
日本推理作家協会編　故意・悪意・殺意〈ミステリー傑作選16〉
日本推理作家協会編　とっておきの殺人〈ミステリー傑作選17〉
日本推理作家協会編　花には水、死者には愛〈ミステリー傑作選18〉
日本推理作家協会編　殺人者へのレクイエム〈ミステリー傑作選19〉
日本推理作家協会編　死者たちは眠らない〈ミステリー傑作選20〉
日本推理作家協会編　殺人はお好き？〈ミステリー傑作選21〉

日本推理作家協会編　二転・三転・大逆転〈ミステリー傑作選22〉
日本推理作家協会編　あざやかな結末〈ミステリー傑作選23〉
日本推理作家協会編　頭脳明晰、特技殺人〈ミステリー傑作選24〉
日本推理作家協会編　誰がための殺人〈ミステリー傑作選25〉
日本推理作家協会編　明日からは、殺人者〈ミステリー傑作選26〉
日本推理作家協会編　真犯人は安眠中〈ミステリー傑作選27〉
日本推理作家協会編　完全犯罪はお静かに〈ミステリー傑作選28〉
日本推理作家協会編　あの人の殺意〈ミステリー傑作選29〉
日本推理作家協会編　もうすぐ犯行記念日〈ミステリー傑作選30〉
日本推理作家協会編　死導者がいっぱい〈ミステリー傑作選31〉
日本推理作家協会編　殺人前線北上中〈ミステリー傑作選32〉
日本推理作家協会編　犯行現場にもう一度〈ミステリー傑作選33〉
日本推理作家協会編　殺人博物館へようこそ〈ミステリー傑作選34〉
日本推理作家協会編　どたん場で大逆転〈ミステリー傑作選35〉
日本推理作家協会編　殺ったのは誰だ!?〈ミステリー傑作選36〉
日本推理作家協会編　殺人哀モード〈ミステリー傑作選37〉
日本推理作家協会編　殺人者〈ミステリー傑作選38〉
日本推理作家協会編　完全犯罪証明書〈ミステリー傑作選39〉
日本推理作家協会編　密室＋アリバイ＝真犯人〈ミステリー傑作選40〉

日本推理作家協会編　殺人買います〈ミステリー傑作選41〉
日本推理作家協会編　罪深き者に罰を〈ミステリー傑作選42〉
日本推理作家協会編　嘘つきは殺人のはじまり〈ミステリー傑作選43〉
日本推理作家協会編　終日犯罪〈ミステリー傑作選44〉
日本推理作家協会編　殺人作法〈ミステリー傑作選45〉
日本推理作家協会編　零時の犯罪予報〈ミステリー傑作選46〉
日本推理作家協会編　トリック・ミュージアム〈ミステリー傑作選〉
日本推理作家協会編　殺人の教室〈ミステリー傑作選〉
日本推理作家協会編　殺人格差〈ミステリー傑作選〉
日本推理作家協会編　孤独な交響曲《シンフォニー》〈ミステリー傑作選〉
日本推理作家協会編　犯人たちの部屋〈ミステリー傑作選〉
日本推理作家協会編　仕掛けられた罪〈ミステリー傑作選〉
日本推理作家協会編　隠された鍵〈ミステリー傑作選〉
日本推理作家協会編　セブン・ミステリーズ〈ミステリー傑作選〉
日本推理作家協会編　曲げられた真相〈ミステリー傑作選〉
日本推理作家協会編　ULTIMATE MYSTERY 究極のミステリー、ここにあり〈ミステリー傑作選〉
日本推理作家協会編　MARVELOUS MYSTERY 至高のミステリー、ここにあり〈ミステリー傑作選〉
日本推理作家協会編　1ダースの殺意〈ミステリー傑作選・特別編1〉
日本推理作家協会編　殺しのルート13〈ミステリー傑作選・特別編2〉

講談社文庫　目録

日本推理作家協会編　真夏の夜の悪夢〈ミステリー傑作選・特別編3〉
日本推理作家協会編　57人の見知らぬ乗客〈ミステリー傑作選・特別編4〉
日本推理作家協会編　自選ショート・ミステリー〈ミステリー傑作選・特別編5〉
日本推理作家協会編　自選ショート・ミステリー2〈ミステリー傑作選・特別編6〉
日本推理作家協会編　謎001〈東野圭吾選スペシャル・ブレンド・ミステリー〉
日本推理作家協会編　謎002〈宮部みゆき選スペシャル・ブレンド・ミステリー〉
日本推理作家協会編　謎003〈恩田陸選スペシャル・ブレンド・ミステリー〉
日本推理作家協会編　謎004〈京極夏彦選 スペシャル・ブレンド・ミステリー〉
日本推理作家協会編　謎005〈伊坂幸太郎選 スペシャル・ブレンド・ミステリー〉
二階堂黎人　地獄の奇術師
二階堂黎人　聖アウスラ修道院の惨劇
二階堂黎人　ユリ迷宮
二階堂黎人　吸血の家
二階堂黎人　私が捜した少年
二階堂黎人　クロへの長い道
二階堂黎人　名探偵水乃サトルの大冒険
二階堂黎人　名探偵の肖像
二階堂黎人　悪魔のラビリンス
二階堂黎人　増加博士と目減卿

二階堂黎人　ドアの向こう側
二階堂黎人　魔術王事件(上)(下)
二階堂黎人　軽井沢マジック
二階堂黎人　聖域の殺戮
二階堂黎人　カーの復讐
二階堂黎人編　密室殺人大百科(上)(下)
新美敬子　世界の旅猫105
西澤保彦　解体諸因
西澤保彦　完全無欠の名探偵
西澤保彦　七回死んだ男
西澤保彦　殺意の集う夜
西澤保彦　人格転移の殺人
西澤保彦　麦酒《ばくしゅ》の家の冒険
西澤保彦　幻惑密室
西澤保彦　実況中死
西澤保彦　念力密室！
西澤保彦　夢幻巡礼
西澤保彦　転・送・密・室
西澤保彦　人形幻戯

西澤保彦　ファンタズム
西澤保彦　生贄を抱く夜《よ》
西澤保彦　ソフトタッチ・オペレーション
西村健　ビンゴ
西村健　脱出 GETAWAY
西村健　突破 BREAK
西村健　劫火1 ビンゴR《リターンズ》
西村健　劫火2 大脱出
西村健　劫火3 突破再び
西村健　劫火4 激突
西村健　笑い犬
西村健　ゆげ福〈博多探偵事件ファイル〉
楡周平　青狼記(上)(下)
楡周平　陪審法廷
楡周平　宿命(上)(下)〈ワンス・アポン・ア・タイム・イン・東京〉
西村滋　お菓子放浪記
西尾維新　クビキリサイクル〈青色サヴァンと戯言遣い〉
西尾維新　クビシメロマンチスト〈人間失格・零崎人識〉
西尾維新　クビツリハイスクール〈戯言遣いの弟子〉

講談社文庫　目録

講談社文庫　目録

平岩弓枝　青の背信
平岩弓枝　五人女捕物くらべ(上)(下)
平岩弓枝　はやぶさ新八御用帳(一)〈大奥の恋人〉
平岩弓枝　はやぶさ新八御用帳(二)〈江戸の海賊〉
平岩弓枝　はやぶさ新八御用帳(三)〈又右衛門の女房〉
平岩弓枝　はやぶさ新八御用帳(四)〈鬼勘の娘〉
平岩弓枝　はやぶさ新八御用帳(五)〈御守殿おたき〉
平岩弓枝　はやぶさ新八御用帳(六)〈春月の雛〉
平岩弓枝　はやぶさ新八御用帳(七)〈寒椿の寺〉
平岩弓枝　はやぶさ新八御用帳(八)〈春怨 根津権現〉
平岩弓枝　はやぶさ新八御用帳(九)〈王子稲荷の女〉
平岩弓枝　はやぶさ新八御用帳(十)〈幽霊屋敷の女〉
平岩弓枝　はやぶさ新八御用旅(一)〈東海道五十三次〉
平岩弓枝　はやぶさ新八御用旅(二)〈中仙道六十九次〉
平岩弓枝　はやぶさ新八御用旅(三)〈日光例幣使道の殺人〉
平岩弓枝　はやぶさ新八御用旅(四)〈北前船の事件〉
平岩弓枝　新装版 おんなみち(上)(中)(下)
平岩弓枝　極楽とんぼの飛んだ道〈私の半生、私の小説〉
平岩弓枝　ものは言いよう

平岩弓枝　老いること暮らすこと
平岡正明　志ん生的、文楽的
東野圭吾　放課後
東野圭吾　卒業〈雪月花殺人ゲーム〉
東野圭吾　学生街の殺人
東野圭吾　魔球
東野圭吾　浪花少年探偵団
東野圭吾　しのぶセンセにサヨナラ〈浪花少年探偵団・独立編〉
東野圭吾　十字屋敷のピエロ
東野圭吾　眠りの森
東野圭吾　宿命
東野圭吾　変身
東野圭吾　仮面山荘殺人事件
東野圭吾　天使の耳
東野圭吾　ある閉ざされた雪の山荘で
東野圭吾　同級生
東野圭吾　名探偵の呪縛
東野圭吾　むかし僕が死んだ家
東野圭吾　虹を操る少年

東野圭吾　パラレルワールド・ラブストーリー
東野圭吾　天空の蜂
東野圭吾　どちらかが彼女を殺した
東野圭吾　名探偵の掟
東野圭吾　悪意
東野圭吾　私が彼を殺した
東野圭吾　嘘をもうひとつだけ
東野圭吾　時生
東野圭吾　赤い指
広田靚子　イギリス花の庭
日比野宏　アジア亜細亜 無限回廊
日比野宏　アジア亜細亜 夢のあとさき
日比野宏　夢街道アジア
平山壽三郎　明治おんな橋
平山壽三郎　明治ちぎれ雲
火坂雅志　美食探偵
火坂雅志　骨董屋征次郎手控
火坂雅志　骨董屋征次郎京暦
平野啓一郎　高瀬川

平山 譲 ありがとう
平田俊子 ピアノ・サンド
ひこ・田中 新装版 お引越し
平岩正樹 がんで死ぬのはもったいない
百田尚樹 永遠の0《ゼロ》
百田尚樹 輝く夜
ヒキタクニオ 東京ボイス
平田オリザ 十六歳のオリザの冒険をしるす本
藤沢周平 義民が駆ける
藤沢周平 新装版 春秋の檻〈獄医立花登手控え㈠〉
藤沢周平 新装版 風雪の檻〈獄医立花登手控え㈡〉
藤沢周平 新装版 愛憎の檻〈獄医立花登手控え㈢〉
藤沢周平 新装版 人間の檻〈獄医立花登手控え㈣〉
藤沢周平 新装版 闇の歯車
藤沢周平 新装版 市塵(上)(下)
藤沢周平 新装版 決闘の辻
藤沢周平 新装版 雪明かり
古井由吉 野川
福永令三 クレヨン王国の十二か月

船戸与一 山猫の夏
船戸与一 神話の果て
船戸与一 伝説なき地
船戸与一 血と夢
船戸与一 蝶舞う館
深谷忠記 黙秘
藤田宜永 樹下の想い
藤田宜永 艶《つや》めき
藤田宜永 異端の夏
藤田宜永 流砂
藤田宜永 子宮の記憶〈ここにあなたがいる〉
藤田宜永 乱調
藤田宜永 壁画修復師
藤田宜永 前夜のものがたり
藤田宜永 戦力外通告
藤田宜永 いつかは恋を
藤川桂介 シギラの月
藤 水名子 赤壁の宴
藤 水名子 紅嵐記(上)(中)(下)

藤原伊織 テロリストのパラソル
藤原伊織 ひまわりの祝祭
藤原伊織 雪が降る
藤原伊織 蚊トンボ白鬚の冒険(上)(下)
藤原伊織 遊戯
藤田紘一郎 笑うカイチュウ
藤田紘一郎 体にいい寄生虫〈ダイエットから花粉症まで〉
藤田紘一郎 踊る腹のムシ〈グルメブームの落とし穴〉
藤田紘一郎 ウッふん
藤田紘一郎 イヌからネコから伝染《うつ》るんです。
藤田紘一郎 医療大崩壊
藤本ひとみ 聖ヨゼフの惨劇
藤本ひとみ 新・三銃士 少年編・青年編〈ダルタニャンとミラディ〉
藤本ひとみ シャネル
藤野千夜 少年と少女のポルカ
藤野千夜 夏の約束
藤野千夜 彼女の部屋
藤沢 周 紫の領分
藤木美奈子 ストーカー・夏美

講談社文庫　目録

2010年12月15日現在